Arena-Taschenbuch
Band 2172

Franck Parcabe

Highland Mysteries

Der Glockenblumenmörder

Ein AbenteuerSpieleBuch

Aus dem Französischen
von Anne Brauner

Mit Illustrationen
von Grégoire Loyau

Arena

Deutsche Erstausgabe

In neuer Rechtschreibung

1. Auflage als Arena Taschenbuch 2001

Die Originalausgabe erschien unter dem Titel »Les cloches de la mort« 1998 bei Hachette Livre, Paris

Aus dem Französischen von Anne Brauner
Mit Illustrationen von Grégoire Loyau

Umschlagillustration: Ferenc Regös
Umschlagtypographie: Agentur Hummel + Lang
Gesamtherstellung: Westermann Druck Zwickau GmbH
ISSN 0518-4002

ISBN 3-401-02172-9

Das Waisenkind mit der dunklen Herkunft . . .

Ich greife nur selten zur Feder, normalerweise überlasse ich das Geschichtenerzählen lieber meinem Freund Doktor Watson. Vor einigen Jahren kam ein junger Mann zu mir in die Baker Street, um meine Dienste in Anspruch zu nehmen. Timothy MacLean wollte seine Eltern wieder finden, die er nie hatte kennen lernen dürfen. Als Baby war er in einem Körbchen voller Geldscheine auf der Schwelle des Waisenhauses von Edinburgh gefunden worden. In dieser einfachen Umgebung verbrachte er seine gesamte Kindheit ohne Not zu leiden. Er genoss eine strenge Erziehung. In seinem fünfzehnten Jahr ließ ihn der Direktor des Waisenhauses rufen und teilte ihm mit, dass er ein kleines Vermögen erben würde, dessen großzügiger Spender nicht genannt werden wollte. Der Direktor sagte, er könne gehen, wohin er wolle. Die Anweisungen des Unbe-

kannten entließen das Waisenhaus an Timothys fünfzehntem Geburtstag aus der Pflicht. Mehr Informationen bekam Timothy nicht aus dem Direktor heraus. Nach einigen Wochen fruchtloser Erkundigungen entschloss er sich nach London zu fahren und mich mit der Suche zu beauftragen. Zu jener Zeit hatte ich sehr viel zu tun und leider führten mich meine Nachforschungen hinsichtlich Timothys Abstammung auf keine heiße Spur. Was für eine bittere Enttäuschung für den jungen Mann! Daraufhin fasste ich den Entschluss, ihm die Grundlagen des Detektivberufes beizubringen, damit er seine Suche selbst fortsetzen konnte. Glücklicherweise war Timothy für diese Ausbildung ausgesprochen geeignet. Als ich meinte, dass er nun auf eigenen Füßen stehen konnte, riet ich ihm sich als Detektiv in London niederzulassen. Seitdem wächst meine Zufriedenheit mit jeder Lobrede auf die Großtaten des jüngsten schottischen Detektivs, die in unserer Hauptstadt zu hören ist.

London, den 21. Oktober 1899.

S. Holmes

Die Spielregeln

Dieses Buch ist anders als andere Bücher, weil du darin die Hauptperson bist. Du wirst anstelle des Helden die Entscheidungen treffen.

Du bist Timothy MacLean, ein junger schottischer Detektiv, der Scotland Yard bei der Lösung schwieriger Fälle hilft. Mit Hilfe deines treuen indischen Dieners Shivananta wirst du in tausend gefährlichen Situationen erfolgreich deinen Mann stehen.

Wie liest man dieses Buch? Dieses Buch besteht aus nummerierten Abschnitten. Lies auf gar keinen Fall einen nach dem anderen wie in einem normalen Buch! Dein Abenteuer würde überhaupt keinen Sinn ergeben! Zum Schluss jeden Abschnitts werden dir in Kursivschrift verschiedene Möglichkeiten zur Auswahl angeboten. Du wählst einen Punkt aus und suchst den entsprechenden Abschnitt.

Beispiel: Der Dieb geht mit einem Dolch auf dich los. Wenn du versuchst zu fliehen, weiter bei 43. Wenn du kämpfen willst, weiter bei 12.

Das heißt: Wenn du die Flucht ergreifen willst, liest du Abschnitt **43**. Wenn du dich aber stark genug fühlst, um dich mit dem Dieb anzulegen, liest du Abschnitt **12**.

Das Inventar: Im Laufe deines Abenteuers wirst du Dinge entdecken, die du unbedingt brauchst, um erfolgreich zu ermitteln.

Beispiel: Beim Wühlen in der ersten Schublade der Kommode entdeckst du einen Revolver. Nimm den Revolver in dein Inventar auf und weiter bei 31.

Du schreibst also das Ding in dein Inventar (S. 158) und liest Abschnitt **31**.

Dinge aus dem Inventar: Bei deinen Nachforschungen kannst du die Dinge aus dem Inventar benutzen.

Beispiel: Der Dieb will dir unbedingt den Schädel einschlagen und nimmt einen Schürhaken vom Kamin. Wenn du einen Revolver hast, weiter bei 74, wenn nicht, weiter bei 102.

Du schaust also in deinem Inventar nach (S. 158). Wenn das Ding dort steht, weiter bei **74**. Wenn nicht, weiter bei **102**.

Der Ermittlungsbogen: Im Laufe der Untersuchung wirst du auf die Namen von Personen oder Orten stoßen.

Beispiel: Auf der Unterseite der Uhr ist ein Name eingraviert: Seymour Hardding. Weiter bei 24.

Notiere alle **fett gedruckten** Worte auf deinem Ermittlungsbogen (S. 159). Die Liste kommt dir zu Nutze, wenn du im Archiv nachschaust.

Das Archiv: Zur Lösung deiner Aufgabe kannst du Adressen im Archiv in der Kidding Street oder im Polizeiarchiv suchen.

Beispiel: Welche Spur willst du verfolgen? Sieh im Archiv auf S. 49 nach und wähle einen Namen oder einen Ort, der auf deinem Ermittlungsbogen steht.

Du schaust also auf deinem Ermittlungsbogen (S. 159) nach, wo du die Namen jener Personen und Orte notiert hast, auf die du im Laufe deiner Nachforschungen gestoßen bist. Wähle den interessantesten aus und blättere zu der Seite, wo ein Schreibtisch das Archiv symbolisiert (die Seitenzahl ändert sich während der Ermittlung). Auf dem Schreibtisch sind die Namen alphabetisch geordnet. Sieh dir die Adresse an, die zu dem gesuchten Namen passt. Wenn du dich dorthin begeben willst, weiter bei dem Abschnitt mit der Nummer, die als Hausnummer in der Adresse steht.

Noch ein paar Ratschläge für alle zukünftigen Detektive:

Wenn du im Laufe der Nachforschungen das Gefühl hast eine falsche Spur zu verfolgen oder einen wichtigen Hinweis verpasst zu haben, gehe ruhig zurück zum vorherigen Kapitel oder fang noch einmal ganz von vorn an. Die wahren Detektive machen es auch oft so.

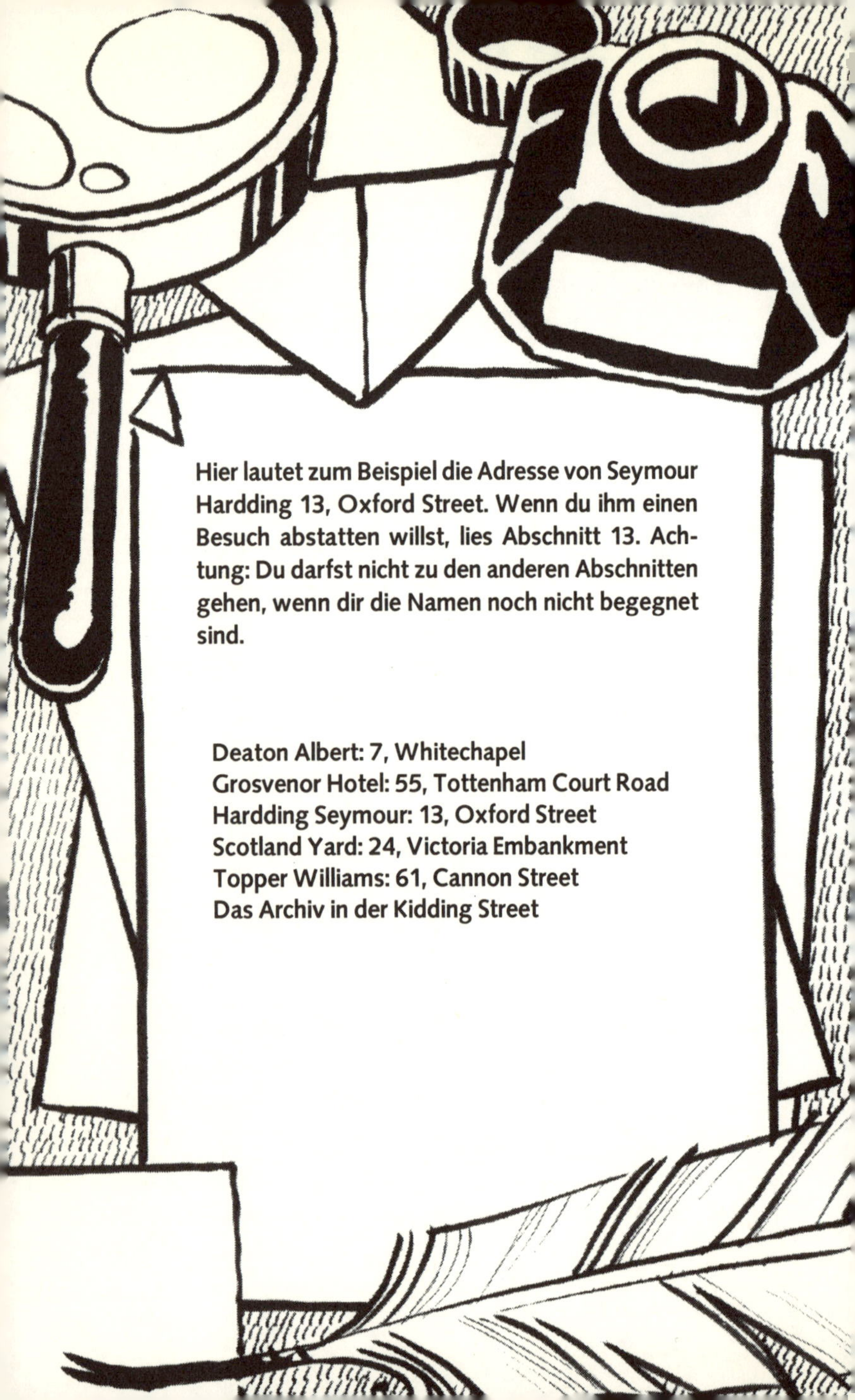

Hier lautet zum Beispiel die Adresse von Seymour Hardding 13, Oxford Street. Wenn du ihm einen Besuch abstatten willst, lies Abschnitt 13. Achtung: Du darfst nicht zu den anderen Abschnitten gehen, wenn dir die Namen noch nicht begegnet sind.

Deaton Albert: 7, Whitechapel
Grosvenor Hotel: 55, Tottenham Court Road
Hardding Seymour: 13, Oxford Street
Scotland Yard: 24, Victoria Embankment
Topper Williams: 61, Cannon Street
Das Archiv in der Kidding Street

Timothy

Timothy folgte dem Rat seines väterlichen Freundes und mietete ein kleines Haus mit Garten in der Kidding Street, die in St. John's Wood, in der Nähe der Baker Street, liegt. Dort ließ er sich als Detektiv nieder. Nach anfänglichen Schwierigkeiten in diesem Handwerk trug seine Ausbildung Früchte, sodass Timothy erste Erfolge verbuchen konnte. Daraufhin vertraute ihm ein Inspektor von Scotland Yard einige kleinere Aufträge an. So begann sein Weg zum Ruhm! Im Waisenhaus in Edinburgh hatte Timothy Latein, Griechisch und ein bisschen Französisch gelernt. Auch wenn er ein schmächtiges Kerlchen ist, so weiß er sich doch seiner Fäuste zu bedienen und zeigt sich besonders geschickt im Umgang mit dem Stockdegen, einer furchtbaren Waffe, die er fast immer dabei hat.

Shivananta

Timothy hat Shivananta am Londoner Hafen aufgelesen, wo dieser beinahe vor Hunger gestorben wäre. Shivananta war aus Indien geflohen, wo er Sklave bei den Thugs, einer Würgersekte, gewesen war. Aus Dankbarkeit blieb Shivananta als Diener bei Timothy. Der junge Inder, dessen Vorfahren über Jahrhunderte Fakire waren, hat übersinnliche Kräfte. Er kann die Schwerkraft aufheben und durch die Kraft seiner Gedanken Dinge verrücken. Er ist stumm und kommuniziert durch Telepathie mit Timothy. Er hat einen außergewöhnlichen sechsten Sinn und trainiert regelmäßig auf recht gefährliche Weise mit Timothy. Das geht allerdings nicht selten auf Kosten der Einrichtung des Hauses in der Kidding Street.

Jelly

Bei den Musikern auf der Regent's Street ist Jelly bekannt wie ein bunter Hund. Warum? Weil er Unmengen Whisky trinken kann und wie kein Zweiter auf der Ullean Pipe spielt, dem irischen Dudelsack. Er kennt alle schottischen und irischen Volkslieder. Jelly, der in Wirklichkeit Jeremy O'Leary heißt, stammt aus Dublin in Irland. Wie Timothy hat auch er seine Eltern nie gesehen. Seine Kindheit war von Armut geprägt. Timothy setzt ihn bei seinen Ermittlungen als Verbindungsmann ein.

Emma, Kitty und Lilly

Emma, Kitty und Lilly kommen aus den Armenvierteln des East End, wo sie Streichhölzer herstellen, die sie anschließend auf der Straße verkaufen. Obwohl sie sehr jung sind, kennen sie die Arbeiterviertel so gut, dass sie Timothy über die Geschehnisse im Londoner Untergrund auf dem Laufenden halten.

Inspektor Swanson

Donald Sutherland Swanson ging schon mit zwanzig Jahren zur Polizei. Der gebildete Schotte stieg bald zu einem der besten Ermittler des C.I.D. auf, des Criminal Investigation Department. Auch mit den berüchtigten Morden von Jack the Ripper in den Jahren 1888 und 1889 war er befasst. Wenn die Polizei zu viel zu tun hat, bittet er Timothy bei der Aufklärung schwieriger Fälle wegen dessen Bildung und Herkunft gern um Hilfe. Wenn Timothy selbst in Schwierigkeiten gerät, ist Swanson meistens zu Stelle. Im Laufe dieser fruchtbaren Zusammenarbeit sind sie gute Freunde geworden.

Don Peppino

Wenn man Signore Caccigliano zuhört, hört man Italien singen. Don Peppino Caccigliano stammt von neapolitanischen Auswanderern ab, die sich um 1820 in London niedergelassen haben. Er hat eine kleine, gut gehende Schreinerei im West End. Timothy beauftragt ihn oft mit der Reparatur der Gegenstände, die Shivananta ruiniert hat. Immer gutmütig und diskret macht sich Don Peppino persönlich an die Arbeit und hält mit unnützen Ratschlägen nicht hinter dem Berg. Ab und zu setzt Timothy ihn auch als Laufburschen ein.

Scotland Yard

Um 1890 beschäftigt London zu seiner Sicherheit mehr als zehntausend Polizisten: die Metropolitan Police. Dazu gehört der Konstabler. Das ist ein Schutzmann in Uniform, der auf der Straße Streife läuft. Ein Sergeant trägt entweder Uniform oder – als Detektiv – Zivil. Dann gibt es noch den Inspektor, der mit den Ermittlungen beauftragt ist, und den Superintendant, der ein Kommissariat leitet. Der oberste Chef ist der Commissioner. Das Criminal Investigation Department gehört ebenfalls zu Scotland Yard. In dem großartigen roten Ziegelbau am Victoria Embankment stehen die Schreibtische der Ermittler, die die Verbrechen aufklären sollen.

London . . .

A Hier wohnt Timothy.

B 221b, Baker Street. Hier wohnt Sherlock Holmes.

C Das Dienstgebäude von Scotland Yard an der Themse.

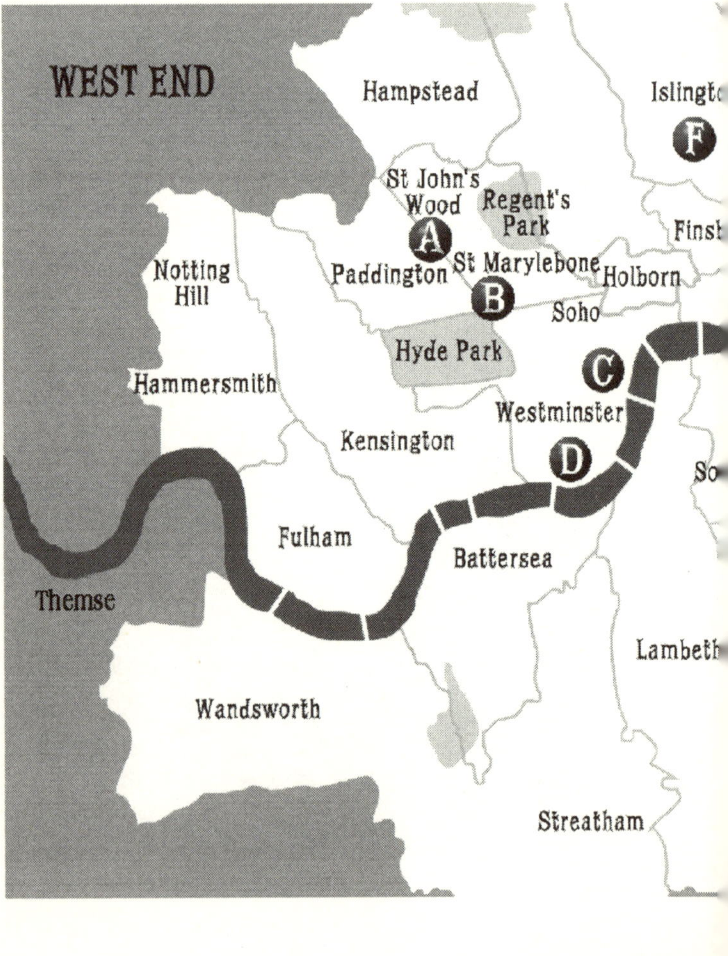

. . . und seine Viertel

D Das Gefängnis von Millbank.

E Das Zentralkrankenhaus von London und seine Leichenhalle.

F Das Gefängnis von Petonville.

Timothys London

London ist berühmt für seinen legendären Smog. Drei große und sehr unterschiedliche Gebiete bilden die Stadt.

Das **East End** im Osten der Stadt vereint die Armenviertel, die Docks, den Hafen, die Industrie und den Großhandel.

Im **West End** im Westen der Stadt liegen die wohlhabenden Viertel, der berühmte Glockenturm Big Ben, der Regierungssitz, Buckingham Palace, das Schloss der Königin Victoria, die Clubs, die Theater etc.

Die **City** beherbergt das Londoner Finanzzentrum mit der Börse, der Bank von England und den Verwaltungsgebäuden wie etwa der Post.

Die Verkehrsmittel: Die Londoner benutzen zur Fortbewegung die Pferdebahn, die Straßenbahn und die Untergrundbahn. Am schnellsten geht es jedoch mit dem Hansom Cab, einer von Pferden gezogenen Droschke.

Das Geld: Offizielle Währung ist das Pfund Sterling. Im Umlauf sind unglaublich viele Münzen. Diese werden am häufigsten benutzt:

Der Penny: die am meisten verbreitete Münze.

Der Shilling: Silbermünze im Wert von 12 Pennys.

Der Florin: Silbermünze im Wert von 2 Shilling.

Die Krone: Silbermünze im Wert von 5 Shilling.

Der Sovereign: Goldmünze, entspricht einem Pfund Sterling oder 20 Shilling oder 240 Pennys.

Und jetzt bereite dich darauf vor, einen neuen geheimnisvollen Fall aufzuklären. **Weiter bei Abschnitt 1.**

Montag, 1. April 1891

1

Du sitzt im Salon und schreist: »Ruhe! Ruhe!« Wieso schreist du so? Hast du Sorgen? Geht es um deine Ermittlungen? Oder um Shivananta? Richtig, der ist nämlich nicht zu Hause. Deshalb freust du dich so – man könnte nämlich auch sagen: »Kein Shivananta, keine Mordanschläge.« Du hast deinen Dienstboten zum Einkaufen geschickt. Obwohl er stumm ist, kann er das sehr gut. Du genießt diesen Augenblick der Stille und machst es dir in deinem schönen Ledersessel bequem, um die Post zu lesen. Du willst gerade den ersten Brief mit dem Papiermesser aus Toledostahl öffnen, hältst aber mitten in der Bewegung inne. Irgendetwas stimmt nicht – du spürst etwas Ungewohntes hinter dir.
»Shivananta? Bist du's?«
Das Echo deiner Stimme hallt durch das Zimmer. Das ungute Gefühl wird noch stärker, als dich etwas im Nacken kitzelt. Das ist doch nicht normal! Heftige Bewegungen kannst du nicht riskieren, auch nicht, den Kopf zu drehen. Du stehst ganz langsam auf und gehst zu dem Spiegel über dem Kamin. Beim Anblick deines Spiegelbildes kannst du einen Schreckensschrei nur mühsam unterdrücken. Eine riesige Spinne mit pelzigen Beinen sitzt auf deiner Schulter.
Weiter bei 8.

2

Niemand zu sehen! Langsam gehst du auf der Suche nach etwas Verdächtigem die Straße hinauf. An jeder Kreuzung untersuchst du auch die kleinen Nebenstraßen. So gehst du methodisch vor bis ans Ende der Straße. Von dem Attentäter keine Spur! Entweder ist er um Haaresbreite entkommen oder er versteckt sich in einer dunklen Ecke. Du hörst die Pfiffe der Konstabler. Der Besitzer des White Blend hat keine Zeit verloren und die Polizei bereits benachrichtigt. Ein letztes Mal suchst du die Umgebung ab, aber weil nichts Auffälliges zu sehen ist, gehst du zum Pub zurück. Beim Näherkommen siehst du eine Menschentraube vor dem White Blend. Dort stehen die Bewohner des Viertels, Touristen und Polizisten in Uniform. Besorgt gehst du schneller.

Weiter bei 5.

3

Du erzählst Swanson, wie der Notargehilfe in den Pub gekommen ist und wie du wie ein Irrer durch die Gassen von Spitalfields gerannt bist. Du zeigst ihm das Stück Stoff, das er von allen Seiten untersucht.

»Das stammt mit Sicherheit von einem Kilt«, sagt er. »Daran besteht nicht der geringste Zweifel. Da Sie ja den Mörder verfolgt haben, ist der Limonadentrinker jetzt unser Hauptverdächtiger. Wenn wir aber von diesem Verdacht ausgehen, bedeutet das, dass der Attentäter von Ihrer Verabredung wusste. Schließlich war er schon da, als Sie kamen.«

»Das macht mich auch ganz nervös«, sagst du gereizt. »Komisch ist vor allem, dass er die Verabredung abgewartet haben soll, um das Verbrechen zu begehen.«

»Vielleicht hatte er vorher keine Gelegenheit dazu, ganz einfach, weil zu viele Leute da waren, oder weil er an das Opfer vor seinem Eintreffen im Pub nicht herankam. Denken Sie daran, da war ja niemand. Vielleicht hielt er es für das Beste, in diesem Moment zuzuschlagen.«

»Da haben Sie sicher Recht.«

»Aber da gibt es noch etwas, das mir Sorgen macht.«

Er geht noch mal zum Tisch und greift nach der verwelkten Blume.

*Weiter bei **10**.*

4

Du würdest am liebsten an der Blume riechen, aber aus Angst vor dem Geruch des Todes legst du sie schnell wieder auf den Schreibtisch. Wo könnte diese Blume herkommen? Wird sie in Blumenläden verkauft? Du suchst ein paar Adressen von Blumenhändlern heraus. Das Glück lächelt dir da nicht gerade entgegen, offensichtlich gibt es hunderte von Leuten in London, die Blumen verkaufen. Du konzentrierst dich auf die Floristen in Spitalfields, wo der Notargehilfe ermordet worden ist. Es gibt sogar einen in der Nähe des White Blend: **Summertime in the East**.

Zurück zu 18.

5

Du kämpfst dich mit den Ellbogen durch die Menge, um zu erfahren, was vorgefallen ist. Die Leute schreien aus Leibeskräften, einige gehen auf die Konstabler los, die versuchen, die Menge vor dem kaputten Schaufenster in

Schach zu halten. Plötzlich kommt Shivananta total betrunken aus dem Pub, er wird links und rechts von Polizisten gestützt. Entfesselt brüllen die Zuschauer: »Tötet ihn! Er soll hängen! Tod dem Mörder!«

Du drängst nach vorn, um deinem Diener zu helfen, aber ein Polizist versperrt dir den Weg und befiehlt dir weiter zurückzugehen. Du willst diskutieren und kassierst direkt einen Rempler. Nach ein paar Minuten findest du dich grob gefesselt in Gesellschaft deines Dieners wieder; ihr werdet beide in einen Streifenwagen geworfen. Unter Protest bringen die Polizisten euch auf die Wache. Du wirst ohne viel Federlesen ins Kommissariat gestoßen. Shivananta wandert direkt hinter Gitter. Der Dienst habende Sergeant, ein gewisser Crummons, hört sich aufmerksam den Bericht seiner Männer an und schaut dich dabei die ganze Zeit streng an. Er kommt auf dich zu, um dich zu verhören. Du buchstabierst deinen Namen und deinen Beruf und spielst den Gentleman, der Opfer eines Missverständnisses geworden ist. Du musst dem ungläubigen Sergeant deine Geschichte mehrmals erzählen. Du protestierst, du tobst, aber erst nach langen Verhandlungen gelingt es dir, Crummons davon zu überzeugen, Inspektor Swanson bei Scotland Yard anzurufen. Das macht er dann auch und kommt wenige Minuten später griesgrämig zurück. Er gibt sich schon viel freundlicher als bei deiner Ankunft. Er lässt dir die Handschellen abnehmen und zeigt dir eine Bank, wo du auf den Inspektor warten kannst.

*Weiter bei **20**.*

6

Du erzählst Swanson, wie der Notargehilfe in den Pub gekommen und ermordet worden ist.
»Wahrscheinlich ist man ihm gefolgt«, mutmaßt Swanson.
»Und wenn nun unser Limonadentrinker der Mörder wäre?«
»Die Möglichkeit müssen wir natürlich in Betracht ziehen. Aber das würde heißen, dass der Attentäter von Ihrer Verabredung wusste. Schließlich war er schon da, als Sie kamen.«
»Das macht mich auch ganz nervös«, sagst du gereizt. »Komisch ist vor allem, dass er die Verabredung abgewartet haben soll, um das Verbrechen zu begehen.«
»Vielleicht hatte er vorher keine Gelegenheit dazu, ganz einfach, weil zu viele Leute da waren, oder weil er an das Opfer vor seinem Eintreffen im Pub nicht herankam. Denken Sie daran, da war ja niemand. Vielleicht hielt er es für das Beste, in diesem Moment zuzuschlagen.«
»Da haben Sie sicher Recht.«
»Aber da gibt es noch etwas, das mir Sorgen macht.«
Er geht noch mal zum Tisch und greift nach der verwelkten Blume.
*Weiter bei **10**.*

7

Der Verkäufer im Summertime in the East lacht dich schlichtweg aus, als du ihm die verwelkte Glockenblume zeigst. Zwischen zwei Lachanfällen erklärt er dir, dass sich solche Blumen, die jeder im ganzen Land am Wegesrand pflücken kann, nicht verkaufen. Genauso gut könn-

test du von ihm verlangen, Löwenzahn anzubieten. Leicht konsterniert gehst du nach diesem Reinfall nach Hause.
Weiter bei 18.

8

»Nicht bewegen, lieber Herr! Der Biss der Lycosa Mygalis tenebrum bringt ein Pferd in weniger als einer Sekunde ins Nirwana. Ich habe sie gestern am Kai einem Inder abgekauft. Ich dachte, Ihr freut Euch bestimmt über diese neuartige Probe.«
»Wärst du bitte so freundlich, mich von diesem grässlichen Ding zu befreien«, befiehlst du mit zitternder Stimme.
»Euer Wunsch ist mir Befehl, lieber Herr. Schließt die Augen und haltet die Luft an.«
Du folgst den Anweisungen deines Dieners, damit er das Tier entfernen kann.
»So, das hätten wir, lieber Herr, Ihr könnt Euch entspannen.«
Du machst die Augen wieder auf und schaust über deine Schulter. Die Spinne ist weg.
»Wo hast du sie hingetan?«
Shivananta schwenkt eine fein geschnitzte Holzdose vor deinen Augen. Wütend warnst du ihn: »Mach das nie wieder! Waffen, in Ordnung, aber ein Anschlag mit einer giftigen Spinne ist schwer zu schlucken.«
»Aber, lieber Herr, Ihr habt sie doch gar nicht verschluckt!« Shivananta wird frech.
»Du machst dich auch noch lustig? Geh mir aus den Augen, du dreckiger Nichtsnutz, sonst schlage ich dich zu Brei!«
Dein Diener senkt den Kopf und zieht sich mit seiner

Spinne in die Küche zurück. Du setzt dich an den Schreibtisch und widmest dich wieder deiner Post. Plötzlich schlägt dein Herz ganz schnell, weil du auf einem der Briefe den Poststempel von Edinburgh entdeckt hast. Du drehst und wendest ihn von allen Seiten, dann reißt du ihn mit einer fiebrigen Handbewegung auf.
Weiter bei 12.

9

Der Pub ist fast leer. Auf dem Weg zur Theke stößt du mit einem Mann zusammen, der in einen langen schwarzen Mantel gehüllt ist. Offenbar hat er es eilig, denn er murmelt nur – mit starkem gälischem Akzent – eine rasche Entschuldigung und rast wie ein Irrer nach draußen. Du kümmerst dich nicht um ihn und wendest dich dem Wirt zu, der gerade frisches Bier zapft.
»Entschuldigen Sie bitte«, sagst du, »ich suche einen Herrn namens Barton Finch.«
Der Wirt stellt dir ein Glas Bier vor die Nase.
»Ich gebe einen aus, Kleiner.«
»Danke schön, ich bin Mr MacLean. Es hat doch bestimmt jemand nach mir gefragt, ich war um halb eins hier verabredet.«
»Das habe ich doch gleich gewusst, dass du Schotte bist! Ich komme auch da her! Trink, Kumpel, das ist so gut wie in der Heimat!«
»Herzlichen Dank, Mister, aber wissen Sie . . .«
»Sag Archie zu mir!«
»Äh – jemand hat mich in Ihre Kneipe bestellt. Dieser Jemand kommt extra aus Edinburgh, um mich zu treffen. Er arbeitet bei einem Notar und heißt Barton Finch.«

»Hör mal, Kumpel, du hast ja gar keinen Akzent mehr«, sagt Archie vorwurfsvoll. »Außer dir und mir und dem Typen, der gerade gegangen ist, sind wir die einzigen Schotten weit und breit.«

Du verstehst nicht, was er damit sagen will.

»Der Typ, der gerade gegangen ist? Was für ein Typ?«

Archie setzt die gerissene Miene eines Wirtes auf, dem so schnell nichts entgeht.

»Der, der dich angerempelt hat, als du reinkamst. Einer von der mürrischen Sorte, nicht gerade gesprächig – wie in den Highlands.«

Du schaust zur Tür, aber an Stelle des Mannes, von dem der Wirt erzählt, erscheint Shivananta, der sich mit hängender Zunge auf die Theke wirft. Misstrauen schleicht sich in Archies Blick. Du beruhigst ihn, stellst ihm deinen Diener vor und bestellst ein Glas Milch. Archie lacht los und stellt deinem Diener auch ein Bier hin. Shivananta stellt sich begeistert auf die Zehenspitzen und greift mit einem Augenrollen nach dem Glas. Ohne abzusetzen trinkt er es zur Hälfte aus und rülpst zufrieden. Du lässt ihn nicht aus den Augen, sonst trinkt er nämlich nie Alkohol. Entzückt trinkt er noch einen Schluck und verharrt starr wie eine Statue. Plötzlich verfinstert sich seine Miene.

»Ist was, mein Freund?«, fragst du besorgt. »Ist dir schlecht?«

»Ich habe so etwas wie eine Vorahnung, lieber Herr. Als würde ich Todesglocken hören, die zu einer Beerdigung rufen.«

Archie wischt in eurer Nähe auf dem Tresen herum und spitzt die Ohren.

»Spricht er nicht mit dir, der Junge?«
»Nein. Er ist von Geburt an stumm.«
Du wartest, bis der Wirt wieder weg ist, bevor du dich zu Shivanantas Ohr hinunterbeugst.
»Du Unglücksrabe, ich hoffe, du kannst dich benehmen.«
Du schaust auf die Uhr. Es ist eins. Entweder hast du das Treffen vermasselt oder der Notargehilfe aus Edinburgh kommt zu spät. Du willst noch warten, bis dein Diener sein Bier ausgetrunken hat.
Weiter bei 22.

10

Der Inspektor rollt die Blume zwischen den Fingern.
»Das ist eine Glockenblume. Sie steckte an der Weste des Opfers. Bei Scotland Yard haben wir eine Akte, die sich mit ähnlichen Fällen beschäftigt.« Auf einmal hört er, ganz in Gedanken versunken, auf zu reden.
»Genau!«, schreit er plötzlich, als spräche er mit sich selbst. »Mein lieber Tim, ich überantworte Ihnen diesen Fall. Auf die eine oder andere Art sind Sie ja bereits darin verwickelt. Lösen Sie doch selbst die Knoten und finden Sie eine Lösung!«
Du springst vor Freude auf, aber der Inspektor dämpft sogleich deinen Eifer.
»Wenn Sie erst mal unsere Akte studiert haben, werden Sie sehen, dass der Fall nicht ohne Tücken ist. Gehen Sie sobald wie möglich zu **Scotland Yard**. Ich muss Sie jetzt leider verlassen, ich habe eine wichtige Verabredung in Whitechapel mit dem Leiter der Division H.«
Ihr gebt euch die Hand und der Inspektor geht zur Tür.

Bevor er sie schließt, sagt er noch: »Vergessen Sie nicht, das Beweismaterial mitzunehmen, das Sie brauchen. Bis später, Tim!«
Die Tür geht zu.
Weiter bei 14.

11

Mit dem Dolch in der Hand suchst du Adressen von Messerschmieden heraus. Plötzlich fällt dir jemand ein, der dir bestimmt weiterhelfen kann: Don Peppino. Er ist erstens vertrauenswürdig und zweitens ein Tausendsassa.
Zurück zu 18.

12

Im Laufe der Lektüre weicht die Überraschung der Neugier. Der Brief kommt von einem gewissen Gordon Doyle, seines Zeichens Immobilienmakler. Der Name sagt dir nichts, außer dass es ein schottischer Name ist, genau wie dein eigener.
Mr Doyle kündigt dir erstaunliche Enthüllungen in Bezug auf deine Herkunft an. Zu diesem Zweck schickt er einen seiner Angestellten, Mr Barton Finch, nach London. Er soll sich mit dir treffen. Aus unerfindlichen Gründen soll das Treffen in einem Pub in Spitalfields stattfinden, im White Blend. Du bist so erstaunt und aufgeregt, dass du den Brief gleich mehrmals liest.
»Gute Nachrichten, lieber Herr?«, fragt Shivananta besorgt.

»Ja, wenn man so will, mein Freund«, antwortest du. »Ich habe am 1. April, morgen also, eine merkwürdige Verabredung in einem Pub in Spitalfields. Um halb eins.«
»Aber lieber Herr, heute ist der 1. April!«
»Nein! Wie spät ist es?«
»Wenn ich meinen Herzschlag richtig zähle, ist es zwölf Uhr.«
»Sehr gut, mein Freund, dann haben wir noch ein bisschen Zeit. Auf nach Spitalfields!«
Auf deiner Uhr ist es fünf nach zwölf. Du machst dich schnell fertig und schubst deinen Diener auf die Straße. Ihr nehmt die erste Droschke, die vorbeikommt.
Weiter bei 25.

13

Du irrst in den Straßen von Spitalfields herum, bis du an einer Baustelle auf ein Trüppchen Arbeiter stößt. Du fragst sie nach dem kürzesten Weg zum White Blend. Sie finden, dass du genau richtig kommst, weil sie sowieso gerade Pause machen wollten. Sie schlagen vor, dich zum Pub zu begleiten, wenn du ihnen ein Bier ausgibst. Prima Idee! In ihrem Schlepptau kommst du eine Viertelstunde später vor dem Pub an, wo Archie, der Wirt, Glasscherben zusammenfegt.
Der Anblick des eingeschlagenen Pubfensters löst bei dir gewisse Befürchtungen aus. Kaum hat er dich gesehen, beschimpft Archie dich wie der reinste Fuhrknecht. Die Arbeiter glauben jetzt, dass du dich über sie lustig gemacht hast, und beschimpfen dich auch noch, bevor sie weiterziehen. Mit all der dir zur Verfügung stehenden Di-

plomatie versuchst du Archie zu beruhigen. Aber der will nichts hören.
Hastig kramst du in deiner Brieftasche, holst sechs frisch gedruckte Pfundscheine heraus und gibst sie ihm. Der Wirt steckt das Geld ein und sieht nun etwas besänftigter aus. Behutsam fragst du, was in deiner Abwesenheit geschehen ist. Den Blick ins Weite gerichtet erzählt Archie ganz und gar ausdruckslos, was er mit eigenen Augen gesehen haben will: wie Tische und Stühle sich vom Boden hoben und anschließend wie Bälle ins Schaufenster und auf die Theke geworfen wurden. Eins ist klar: Er hält deinen indischen Diener für einen gefährlichen Hexenmeister, den man auf der Stelle auf dem Scheiterhaufen verbrennen sollte.
Du tust ganz erstaunt angesichts dieser Geschichte. Plötzlich fängt er an zu schluchzen, weil ihm niemand glaubt, weder die Nachbarn, die nach dem Zwischenfall angelaufen kamen, noch die Polizisten, die Shivananta wegen Unruhestiftung und Mord verhaftet haben. Du kommst gerade richtig, um die Sache mit dem Toten aufzuklären. Aber: Das ist das Schlimmste überhaupt! Archie bricht nun endgültig in Tränen aus, er ist sicher, dass niemals wieder jemand in seinen Pub kommen wird. Du tröstest ihn, so gut du kannst, und versprichst ihm, alle Reparaturen zu bezahlen. Obwohl du dich nach Kräften bemühst, schweigt Archie eisern zu all deinen Fragen. Du schlägst vor, morgen wieder zu kommen und ihm dann mehr Geld zu geben. Sein Blick hellt sich ein wenig auf und du schaffst es, einen Hinweis auf die Polizisten aus ihm herauszubekommen, die Shivananta mitgenommen haben. Archie schätzt, dass er zur Polizeiwache des Vier-

tels in der Aldergate High Street, Ecke Leadenhall Street gebracht worden ist.
Du bedankst dich und versprichst ihm noch einmal, dass er das Geld auf jeden Fall kriegt, auch wenn du es morgen nicht schaffen solltest, zu kommen. Aber Archie, der niedergeschlagen in seiner Ecke hockt, hört schon gar nicht mehr zu. Du überlässt ihn seinem Gejammer und begibst dich zur Polizeiwache.
Weiter bei 17.

14

Von allen Seiten untersuchst du die Dinge auf dem Tisch. Am Ende nimmst du den Sgian Dubh – in ein Taschentuch gewickelt – und die Glockenblume mit. Du verlässt das Krankenhaus und winkst am Ausgang eine Droschke heran, die dich nach Hause fährt.
Nimm den Sgian Dubh und die Glockenblume ins Inventar auf.
Weiter bei 18.

15

Don Peppino empfängt dich mit offenen Armen. Hastig erklärst du ihm, warum du gekommen bist. Er holt seinen Nachbarn, der ist Scherenschleifer. Nach wenigen Minuten kommt er mit Smitty zurück, der in diesem Viertel die Messer schärft. Du wickelst den Sgian Dubh aus dem Taschentuch. Smitty untersucht die Waffe von allen Seiten und pfeift anerkennend. Er würde ihn dir gern zu einem guten Preis abkaufen. Du weigerst dich und tust so, als sei der Dolch ein Erbstück deines Großvaters. Smitty behauptet, die Waffe sei mindestens zweihundert Jahre alt. Glücklich über diese Information bedankst du dich bei Don Peppino und gehst so schnell wie möglich nach Hause.

Weiter bei 18.

16

Der kleine Mann windet und krümmt sich, seine Augen sind glasig. Ein Dolch steckt in seiner Kehle und eine Blume ziert seine Weste. Du gerätst in Panik und weißt nicht, was du tun sollst. Außerdem hast du das Gefühl, dass dir jemand von der Straße aus gefolgt ist.

Wenn du bei dem Verletzten erste Hilfe leistest, weiter bei 28.
Wenn du auf die Straße rennst, weiter bei 24.

17

Du kommst schnell wieder auf die Aldergate High Street und erreichst bald das runde Schild, das die Polizeiwache anzeigt. Schließlich stehst du vor dem Eingang, wo dich der Dienst habende Konstabler nach deinem Anliegen fragt. Du gibst keine langatmigen Erklärungen ab, die ihn vielleicht nur misstrauisch machen würden, sondern behauptest einfach, dein Freund sei in diesem Viertel verschwunden. Der freundliche Konstabler bringt dich zum Büro von Sergeant Crummons.

Nachdem du jetzt da bist, wo du hin wolltest, sagst du, worum es dir wirklich geht. Du protestierst gegen die willkürliche Verhaftung deines Dieners, eines armen Inders, der sich nicht verteidigen kann. Als alter Hase lässt sich Crummons von deiner Vorstellung nicht im Mindesten beeindrucken und bombardiert dich mit Fragen. Am Ende buchstabierst du deinen Namen und deinen Beruf und bittest den Sergeant, Inspektor Swanson bei Scotland Yard zu benachrichtigen. Er soll dieses lästige Missverständnis aufklären. Crummons bleibt anfangs noch hart, lässt sich aber von deiner Entschlossenheit und deinem Selbstbewusstsein verunsichern. Nach seinem Anruf bei Scotland Yard kommt er zurück und bittet dich höflich auf Inspektor Swanson zu warten. In einer Ecke des Büros steht eine Bank, auf der du geduldig Platz nimmst.

*Weiter bei **20**.*

18

Bei einer guten Tasse heißen Tee kannst du am besten nachdenken.

Sieh im Archiv auf S. 57 nach und wähle einen Namen oder einen Ort, der auf deinem Ermittlungsbogen steht. Wenn du im Besitz des ***Sgian Dubh*** *bist, weiter bei* ***11****. Wenn du das* ***Stück Schottenstoff*** *besitzt, weiter bei* ***27****. Wenn du die* ***Glockenblume*** *im Inventar hast, weiter bei* ***4****. Wenn du sicher bist, dass du alle Spuren verfolgt hast, weiter bei* ***21****. Wenn du in dem Fall nicht weiterkommst, zurück zu* ***1****.*

19

Zusammengekauert, die Hände auf den Knien, versuchst du wieder Atem zu schöpfen. Da siehst du ein Stück abgerissenen Schottenstoff an einem rostigen Nagel hängen, der aus der Mauer ragt. Das nennt man Glück im Unglück. Der Mantel des Mörders muss an dem Nagel hängen geblieben sein und in seiner Panik hat sich der Attentäter losgerissen, um weiterzurennen. Du nimmst das Stück Stoff und steckst es ein. Dieses Indiz beweist zumindest eines: Der Mörder trug ein Plaid oder einen Kilt wie die rauen Highlander, die durch die schottischen Berge ziehen.

Die Worte des Wirtes vom White Blend fallen dir wieder ein: ». . . von der mürrischen Sorte, nicht gerade gesprächig – wie in den Highlands.« Du humpelst zurück, in der Hoffnung den Pub wieder zu finden. In der Hektik hast du ganz vergessen, dass du deinen Diener mit einem Bier in der Hand zurückgelassen hast. Er, der in seinem ganzen

Leben noch keinen Alkohol getrunken hat, bestimmt hat er einen seiner Anfälle bekommen!
Nimm das ***Stück Schottenstoff*** *ins Inventar auf. –* *Weiter bei* ***13.***

20

Zwei Stunden später hat ein schlecht gelaunter Inspektor Swanson einen bemerkenswert stürmischen Auftritt auf der Polizeiwache. Du stehst auf, aber er bedeutet dir sitzen zu bleiben. Dann lässt er seinem Zorn gegen Sergeant Crummons und seine Männer freien Lauf. Der Sergeant versucht mehr schlecht als recht seinen Standpunkt zu verteidigen, aber auf dem Ohr ist Swanson taub.
»Wie konnten Sie so etwas tun? Sie hätten warten müssen, bis ein Inspektor am Tatort ist!«
»Aber Sir«, antwortet der Sergeant furchtsam, »das ist alles passiert, weil die Menge kaum noch zu halten war. Außerdem war da dieser elende Inder, der im Pub alles kaputtgemacht hat. Nur um Haaresbreite konnten wir einen Aufruhr verhindern.«
»Wissen Sie eigentlich, dass im Rahmen polizeilicher Ermittlungen ein Inspektor mit der Spuren- und Beweissicherung am Tatort betraut werden muss?«
»Es war so . . .«
»Verstehe«, unterbricht ihn Swanson barsch. »Machen Sie sich keine Sorgen. Ich werde Sie bestimmt nicht vergessen, wenn ich meinen Bericht schreibe.«
Mit diesen letzten Worten kommt der Inspektor zu dir und schüttelt dir die Hand. In Gegenwart der Polizisten, die nicht zu Scotland Yard gehören, erzählst du befangen

und in kurzen Worten, was passiert ist, und versuchst, Shivanantas Verhalten damit zu entschuldigen, dass er unter Alkoholeinfluss stand und nicht mehr wusste, was er tat. Du schließt mit dem Versprechen, sämtliche von deinem Diener verursachten Schäden in kürzester Zeit zu begleichen. Swanson, der nun versteht, wie sich alles zugetragen hat, beruhigt dich. In einiger Entfernung von dir verhandelt er mit Crummons und seinen Männern über die Freilassung deines Dieners. Wenig später bittet er dich in den Keller zu gehen, um zu prüfen, ob Shivananta in der Lage ist, mit dir nach Hause zu gehen.

*Weiter bei **31**.*

21

Du neigst wie immer dazu, dich bei der Detektivarbeit zu übernehmen. Auch jetzt spürst du die aufkommende Müdigkeit, aber du musst deine Sachen packen, weil du morgen mit dem Zug nach Edinburgh fährst. Während du noch darüber nachdenkst, was du mitnehmen sollst, klopft es an der Haustür. Du gehst schnell die Treppe hinunter, um aufzumachen. Auf der Schwelle stehen zwei Konstabler, die deinen Diener stützen. Shivananta scheint immer noch nicht in Topform zu sein, aber sein Teint wirkt schon etwas frischer als eben. Du bedankst dich bei den Konstablern dafür, dass sie deinen Diener an den häuslichen Herd zurückgebracht haben. Darüber müssen sie lachen. Sie haben leider nicht das Glück an den häuslichen Herd zurückzukehren, vielmehr müssen sie zurück in ihren Schweinestall. Sie berichten, dass deinem Diener so schlecht geworden ist, dass er sich überall

auf der Wache erbrochen hat, wobei er für das menschliche Ohr unerträgliche Klagelaute ausgestoßen haben soll. Jetzt müssen sie wieder zurück zur Polizeiwache, um sauber zu machen. Bevor sie gehen, raten sie dir, deinem Diener in Zukunft kein Bier mehr zu geben. Du schließt die Tür und trägst Shivananta in sein Zimmer. Dort kündigst du ihm eure morgige Fahrt in die schottische Hauptstadt an. Dein Diener rührt sich nicht mal bei der Aussicht auf diese spontane Reise. Du befiehlst ihm sich auszuruhen, damit er bei der Abreise wieder fit ist. Du lässt ihn schlafen und packst weiter. Ein paar Stunden später schlingst du ein kaltes Abendessen hinunter und gehst auch ins Bett.
*Weiter bei **34**.*

22

Dein Blick verweilt auf den sorgfältig aufgereihten Whiskeyflaschen hinter der Bar. Als du in der Westentasche nach deiner Uhr kramst, hörst du draußen Hufgeklapper auf dem Pflaster. Ein Wagen hält vor dem Pub. Ein kleiner beleibter Mann im Büroanzug steigt aus und geht auf die Kneipe zu. In dem Moment, in dem er eintreten will, tritt ein anderer Mann, von dem du nur einen Schattenriss siehst, an ihn heran. Dann taumelt der kleine Mann rückwärts durch die Tür, fällt und krümmt sich am Boden. Erst begreifst du gar nicht, was los ist, aber als du siehst, dass Blut über den Parkettboden fließt, lässt du dein Bier fallen und rennst zu dem Mann.
*Weiter bei **16**.*

23

Die Droschke bringt dich zum Themseufer. Du grüßt den Dienst habenden Konstabler vor dem Eingang und betrittst das mächtige Gebäude aus roten Ziegelsteinen. Du gehst sofort nach oben, wo die Büros der Inspektoren liegen. In einem Gang triffst du Inspektor Goldwyn.»Guten Tag, Mr MacLean. Suchen Sie Inspektor Swanson?«

»Guten Tag, Inspektor«, begrüßt du ihn lächelnd. »Sie haben es erfasst.«

Goldwyn lacht. »Gut, dass ich Sie treffe, Sir. Swanson hat eine Besprechung mit dem großen Boss. Er hat Akten für Sie dagelassen. Kommen Sie mit, ich bringe Sie in sein Büro.«

Du folgst dem Inspektor zu einer Glastür, auf der in weißen Buchstaben Swansons Name steht. Er macht die Tür auf und lässt dich am Schreibtisch Platz nehmen.

»Wenn Sie etwas brauchen, ich bin nebenan.«

«Goldwyn geht auf Zehenspitzen hinaus und macht die Tür hinter sich zu. Du nimmst dir den dicken Aktenordner auf der Schreibtischunterlage vor.

Du traust deinen Augen kaum, als du den Namen der Akte liest: Der Fall Glockenblume. Neugierig schlägst du den Ordner auf. Beim Lesen verwandelt sich deine Neugier in schieren Unglauben. Es handelt sich um drei ähnlich gelagerte Fälle. Der Mord an dem Notargehilfen ist der vierte seiner Art seit Jahresbeginn. Am 12. Januar wurde der Betreiber mehrerer Pubs im West End, Mr Ethan Mackyle, tot zu Hause aufgefunden – mit einem Dolch im Herzen. Am 4. Februar wurde Mr Arthur Hollihan, der Direktor einer Firma für Pferdetransporte, in seinem Büro durch ei-

nen Dolchstoß in den Nacken ermordet. Der letzte Mord ist gleichzeitig der spektakulärste: Am 25. März wurde Mr Richard Kenbar, ein Großhändler, auf dem Heimweg auf offener Straße getötet.
Auch der Autopsiebericht von Dr. Baxter, einem der besten Gerichtsmediziner der Metropolitan Police, ist sehr beeindruckend. Dem Arzt zufolge muss der Mörder den Dolch aus einer Entfernung von mindestens fünfzehn Metern geworfen haben und das mit erstaunlicher Zielgenauigkeit, denn er traf das Opfer genau zwischen die Schulterblätter. Dr. Baxter spricht von dem Mörder wie von einem wahren Zirkusartisten. Außerdem hinterließ der Mörder bei sämtlichen Toten eine Glockenblume und machte sich niemals die Mühe seine Waffe wieder mitzunehmen. Dabei handelte es sich immer um einen Sgian Dubh.
Du versuchst eine Verbindung zwischen den Morden herzustellen. Mr Mackyle betrieb mehrere Pubs und war Kunde bei Mr Kenbar, der einen Großhandel und Vertrieb mehrerer Bier- und Whiskeysorten leitete. Mr Hollihan war Direktor eines Transportunternehmens, das im Auftrag Mr Kenbars Bier- und Whiskeyfässer im West End auslieferte. Als Letztes entnimmst du den Akten, dass alle Opfer Schotten waren.
Der Fall riecht stark nach einer Abrechnung. Oder handelt es sich um organisierte Erpressung? Geht es um den Getränkeabsatz im West End? Aber wie passt ein Notargehilfe dazu? Und was ist mit dir, was hat der Fall mit dir zu tun? Nun, es gibt zumindest einen Menschen, der mehr weiß. Das ist der Arbeitgeber des Gehilfen, Hoyle. Aber Hoyle ist in Edinburgh. Du überlegst einige Minuten lang,

in denen du mit den Fingern auf den Schreibtisch trommelst.

Du hast zwei Möglichkeiten: Entweder führst du deine Ermittlungen in London weiter in der Hoffnung auf eine heiße Spur oder du fährst nach Edinburgh, weil du glaubst, dort die Antworten auf deine Fragen zu finden. Im Grunde weißt du schon, was du tun wirst. Du nimmst Feder und Papier und schreibst Swanson eine kurze Zusammenfassung deiner bisherigen Schlussfolgerungen. Dann teilst du ihm mit, dass du morgen nach Edinburgh fährst, wo du dich mit Hoyle treffen willst. Kurz darauf läufst du auf der Suche nach einer Droschke schnellen Schrittes am Victoria Embankment entlang.

*Du fährst nach Hause. – Weiter bei **18**.*

24

Du kommst gerade noch rechtzeitig aus dem Pub, um zu sehen, wie ein Mann eilig davonläuft. Du machst dich an seine Verfolgung.

Der Schurke hat eine atemberaubende Geschwindigkeit drauf. Obwohl er so weit weg ist, kannst du seine Mantelschöße genau erkennen, die wie Fahnen im Wind flattern. Das Erscheinungsbild des Mannes erinnert dich vage an den, der dich eben im Pub angerempelt hat. Er biegt rechts ab. Du kennst das Viertel zwar nicht besonders gut, aber solange du ihn siehst, hast du eine Chance. Deine Stadtschuhe taugen nicht für dieses unerwartete Abenteuer, langsam tun dir die Füße weh. Du biegst plötzlich rechts ab und findest dich in einer engen Gasse wieder. Im Laufen rempelst du einen Obst- und Gemüsehändler an, der einen Korb mit Kokosnüssen fallen lässt. Die Früchte rollen über die Straße. Während der Händler dich mit drohenden Gesten und Beleidigungen überschüttet, springst du über die Kokosnüsse. Unter anderen Umständen hättest du gegen diese wilden Beschimpfungen protestiert. Das kleine Scharmützel hat dich so abgelenkt, dass du auf einer Kokosnuss ausrutschst und um Haaresbreite hingefallen wärest. Du kannst dich gerade noch an einer Straßenlaterne festhalten, dann nimmst du atemlos die Verfolgung wieder auf. Du hast kostbare Zeit verloren, während dein Gegner den Abstand vergrößern konnte.

Gerade ist er nach links abgebogen. Was für einen Teufel verfolgst du da? Er lässt nicht die geringste Erschöpfung erkennen, im Gegenteil: Er erhöht noch mal das Tempo. Bei dieser Geschwindigkeit explodieren demnächst deine Lungen und deine Schuhe werden schmelzen, denn deine Füße brennen wie wahnsinnig. Der Mann läuft schon wieder in eine andere Richtung und schlüpft jetzt in eine enge Passage. Als du deinerseits am Eingang der Passage ankommst, wird dir schwindlig. Du musst die Verfolgung abbrechen. Du lehnst dich an die kalten Steine und schaust außer Atem zu, wie der Mann sich entfernt. Er ist nur noch ein schwarzer Punkt am Horizont, der bald mit dem Grau der Straßen verschmilzt. Verfluchter Kerl, er ist entkommen!

Weiter bei 19.

25

Auf der Fahrt gehen dir verschiedene Fragen durch den Kopf: Warum sollst du den Mann in einem so schäbigen Viertel wie Spitalfields treffen? Was für überraschende Enthüllungen bezüglich deiner Herkunft mögen das sein? Du erzählst deinem Diener von diesen Überlegungen. Der hört zwar zu, ist aber eher zerstreut. Du schaust auf die Uhr: zwanzig nach zwölf.

Plötzlich hält die Droschke in der Fenchurch Street, ein Busstau hält den Verkehr auf. Du machst dem Kutscher klar, dass du es eilig hast, aber er hebt nur die Arme zum Himmel: Er kann es auch nicht ändern. Es ist nicht mehr weit nach Spitalfields, deshalb bezahlst du und gehst zu Fuß weiter. Dein Diener meckert, weil er keine Lust hat zu laufen. Noch ein Blick auf die Uhr und du rennst los. Shivananta bleibt zurück. Um zwanzig vor eins kommst du endlich am White Blend an. Zehn Minuten zu spät! Du beißt dir auf die Lippen. Schließlich gehst du durch die Schwingtür.

Weiter bei 9.

26

Inspektor Swanson bleibt während der Fahrt ungewöhnlich lange still. Schließlich bricht er kurz vor eurer Ankunft im Hof des Krankenhauses sein Schweigen: »Mein lieber Tim, Sie fragen sich sicher, warum ich Sergeant Crummons und seine Männer derart abgekanzelt habe.«

Du nickst wortlos.

»Nun, Sie haben ihre Arbeit nicht getan. Statt die Leute

draußen im Zaum zu halten und den Schauplatz des Verbrechens unversehrt zu halten, haben sie erstens Ihren Diener verhaftet, zweitens die Leiche des Opfers bewegt, um sie in die Leichenhalle bringen zu lassen, und drittens haben sie zugelassen, dass der Wirt die von Ihrem Diener angerichtete Schweinerei beseitigt hat. Als ich am Tatort ankam, hatte der Wirt des White Blend, ein gewisser Archie Peltrew, bereits sämtliche Spuren des Mordes verwischt. Aber dem Unglücklichen konnte ich ja wohl schlecht Vorwürfe machen. Schließlich wurde an einem einzigen Tag seine Kneipe verwüstet und einer seiner Kunden ermordet. Das war zu viel für ihn. Ich konnte aber trotzdem seine Zeugenaussage aufnehmen. So habe ich erfahren, dass Sie zurzeit des Verbrechens dort waren. Dann bin ich in die Leichenhalle gefahren und habe das Opfer untersucht. Dabei habe ich sehr interessante Dinge entdeckt, und wenn ich nicht diesen Telefonanruf bekommen hätte, hätte ich Sie meinerseits angerufen.«

»Sie hätten mich angerufen?«, fragst du beunruhigt.

»In den Taschen des Toten habe ich etwas gefunden, das Sie persönlich betrifft. Wir sprechen darüber, wenn wir im Krankenhaus angekommen sind. Und dann erzählen Sie mir, was Sie bereits wissen. Wir sind übrigens da, glaube ich.«

Die Droschke hält im Hof des Krankenhauses. Ihr steigt aus und geht durch einen Dienstboteneingang hinein. Nach wenigen Minuten umfängt euch die Eiseskälte der Leichenhalle.

*Weiter bei **29**.*

27

Du legst das Stück Schottenstoff auf deinen Schreibtisch. Wer könnte dir etwas darüber erzählen? Ein Schneider vielleicht? Das ist eine glänzende Idee! In deinen Jahrbüchern suchst du dir Adressen von Schneidern heraus. Davon gibt es in London genug, für deinen Geschmack sogar mehr als genug; jedenfalls mehr als hundert, und das ohne die kleinen Kramläden von Bermondsey. Nicht weit von dir, in der Oxford Street, gibt es auch einen Schneider: **Dan Mahagonny.**

*Wenn du einen kleinen Umweg über die Kramläden in Bermondsey machen willst, weiter bei **30**. Sonst zurück zu **18**.*

28

Du kniest an der Seite des kleinen Mannes nieder. Er versucht etwas zu sagen. Du beugst dich herunter und hältst dein Ohr an seinen Mund.

»ZZZu . . . zu trinken . . .«

Seine letzten Worte verlieren sich in einem erstickten Gurgeln. Die Augen stehen weit offen. Du kannst nichts mehr für ihn tun. Für ihn ist alles zu spät, aber vielleicht nicht für die Verfolgung des Mörders. Du rennst auf die Straße.

Weiter bei 2.

29

»Ist Dr. Bond schon eingetroffen?«, fragt Swanson einen Krankenpfleger.
»Natürlich bin ich da!«, antwortet eine Feldwebelstimme weiter hinten.
Dr. Bond erscheint zu eurer Begrüßung. Er trocknet sich langsam und penibel die Hände mit einem blutgetränkten Handtuch ab.
»Was glauben Sie denn? Als ich Ihre Nachricht bekommen habe, bin ich so schnell wie möglich herbeigeeilt.«
Swanson kann kaum verhehlen, dass er sich am liebsten über den Arzt lustig machen würde.
»Jetzt sagen Sie bloß nicht, ich hätte Ihnen den Tag verdorben, Doktor.«
»Inspektor, wenn ich eins nicht leiden kann, dann ist es, beim Mittagessen gestört zu werden, wenn ich gerade den Nachtisch in Angriff nehmen will.«
»Das ist doch nicht so schlimm, Doktor. Dann essen Sie ihn eben zum Nachmittagstee.«
»Ehrlich gesagt, Inspektor, daran habe ich auch schon gedacht, aber wissen Sie, er schmeckt dann nicht mehr so gut wie nach dem Mittagessen.«
»Also wirklich, Doktor, Sie sind unverbesserlich!«
»Unverbesserlich?«, fragt Dr. Bond ärgerlich. »Aber wie kommen Sie denn darauf, Inspektor?«
Dr. Bond macht eine Pause, in der er dich mit seinem stechenden Blick hinter den kleinen Brillengläsern ins Visier nimmt.
Der Ernst seiner Züge beeindruckt dich immer wieder. Du hast ihn noch nie herzlich lachen hören.

»Wie ich sehe, haben Sie Mr MacLean mitgebracht. Wie geht es Ihnen, junger Freund?«

»Danke, gut«, antwortest du schüchtern.

»Entschuldigen Sie bitte, Doktor«, unterbricht euch Swanson, »würden Sie uns bitte mitteilen, was Sie von der Angelegenheit halten, die uns an diesem Ort zusammenführt?«

»Schön gesagt, Inspektor. Unser Mann wurde durch einen Dolchstoß in die Kehle getötet, der mit großer Kraft und Zielgenauigkeit ausgeführt worden ist. Daraus können wir schließen, dass der Mörder mit der Waffe sehr gut umgehen kann. Außer einigen Blutergüssen an den Schultern, die mit Sicherheit vom Fall des Körpers auf den Boden herrühren, habe ich nichts bemerkt, was meine Schlüsse hinsichtlich der Todesursache ins Wanken bringen könnte. Mit Ihrer gütigen Erlaubnis fahre ich jetzt nach Hause und esse meinen Nachtisch.«

Ein Krankenpfleger hilft ihm schnell in den Mantel.

»Ach, übrigens, Doktor«, fragt Swanson, »was ist es denn für ein Nachtisch?«

»Viktoriabirnen, Inspektor«, antwortet er und sieht Swanson direkt in die Augen. »Eingelegt in Burgunder und mit einem Sahnehäubchen überzogen. Zufrieden?«

»Aber ja, ich wünsche Ihnen guten Appetit!«, amüsiert sich Swanson.

Dr. Bond kehrt auf dem Absatz um und verlässt grummelnd den Saal.

»Eins ist sicher«, murmelt Swanson, »der wird sich wohl niemals totlachen.«

Angesichts dieser Überlegung schenkst du ihm ein schüchternes Lächeln.

»Gut!«, ruft der Inspektor aus, »jetzt gehen wir aber zum ernsten Teil über . . .«
Swanson geht zu einem Tisch, auf dem verschiedene Dinge liegen. Du folgst ihm auf dem Fuß.
Weiter bei 32.

30

Du hast die Nase voll. Seit zwei Stunden läufst du durch Bermondsey und hoffst einen Schneider zu finden, der sagt: »Na klar! Das sieht doch jeder!« Stattdessen bekommst du immer dieselbe Antwort: »Das kommt aus Schottland und ist Handarbeit.« Woher der Stoff genau stammen könnte, kann dir keiner sagen. Müde brichst du die Suche ab und gehst nach Hause.
Weiter bei 18.

31

Du steigst mit Inspektor Swanson, Sergeant Crummons und einem Konstabler in den Keller hinab. Als du an den vergitterten Zellen vorbeigehst, raubt dir der Uringestank den Atem. Crummons bemerkt dein Unwohlsein und seufzt: »Oh ja, Mr MacLean, zur Zeit haben wir viele Penner hier.«
Als Shivananta dich an der Zellentür stehen sieht, springt er von seiner Pritsche hoch und schwankt auf dich zu. Er wäre beinahe gefallen und kann sich gerade noch an den Gitterstäben festhalten. In deinem Kopf hörst du das unbeschreibliche Durcheinander seiner Gedanken:

»Hicks . . . hicks-hicks . . . lieber Herr . . . hicks . . . geht's gut . . .«

Plötzlich lässt dein Diener los und sinkt zu Boden.

»Ich glaube, Ihr Diener hat sich noch nicht so ganz von seinen Anstrengungen erholt«, sagt Inspektor Swanson. Er versucht, nicht zu lachen. »Ich schlage Folgendes vor: Wenn Sergeant Crummons damit einverstanden ist, sollte Shivananta hier bleiben, bis er seine Sinne wieder beisammen hat.«

»Dagegen ist nichts einzuwenden«, versichert der Sergeant. »Wir bringen ihn nach Hause, wenn er sich besser fühlt.«

»Darf ich mit ihm sprechen?«, fragst du.

Der Konstabler dreht einen Schlüssel im Schloss und öffnet die Tür. Du gehst in die Zelle und nimmst deinen Diener beim Arm, um ihn zur Pritsche zurückzuschleppen. Du beugst dich über ihn und flüsterst: »Es ist in deinem eigenen Interesse, dich ruhig zu verhalten, mein Freund. Ruh dich aus, ich hole dich später hier ab.«

Shivananta antwortet mit einem lauten Schnarchen. Du gehst hinaus. Der Konstabler schließt die Tür hinter dir, aber ohne sie zu verriegeln. Der Besuch ist beendet. Swanson schlägt vor, auf der Stelle in die Leichenhalle des Zentralkrankenhauses zu fahren. Ihr verlasst die Polizeiwache und nehmt eine Droschke.

*Weiter bei **26**.*

32

Du untersuchst die Sachen auf dem Tisch. Auf der einen Seite liegen die persönlichen Habseligkeiten des Opfers: eine Brieftasche, verschiedene Papiere, unter anderem ein Brief mit Blutflecken, und eine silberne Uhr. Auf der anderen Seite liegt das Beweismaterial: der Dolch und eine verwelkte Blume.

»Das sind die persönlichen Besitztümer des Toten, die ich in seinen Taschen gefunden habe«, sagt Swanson.

Dann nimmt er den Brief und reicht ihn dir. Das Papier hat viel Blut aufgesogen. Der Brief ist dadurch zum Großteil unleserlich geworden bis auf den Briefkopf, wo zu deiner großen Überraschung dein eigener Name und der des Absenders stehen.

Du kommst aus dem Staunen nicht mehr heraus: Der Absender heißt **Hoyle & cie, Immobilienmakler** aus Edinburgh. Das ist der gleiche Schriftzug wie auf dem Brief, den du heute Morgen erhalten hast.

»Den Papieren des Opfers zufolge hieß die Leiche, die hier ausgestreckt vor uns liegt, Barton Finch. Und jetzt, mein lieber Tim, bitte ich Sie, mir zu erklären, was dieser Brief zu bedeuten hat.«

Du erzählst ihm, wie du zu der geheimnisvollen Verabredung mit diesem Notargehilfen gekommen bist, der für einen gewissen Gordon Hoyle arbeitet, seines Zeichens Notar in Edinburgh.

»Machen Sie schon wieder eine Erbschaft?«, fragt Swanson.

»Nein. Mr Finch sollte mir erstaunliche Neuigkeiten bezüglich meiner Herkunft verkünden.«

»Den Zugfahrkarten in seiner Brieftasche zufolge ist Mr Barton Finch gestern Abend in Edinburgh losgefahren und sollte heute im Laufe des Abends zurückkehren. Eine ziemlich eilige Reise, nur um Sie zu treffen und Ihnen etwas mitzuteilen, finden Sie nicht?«

»Leider weiß ich in diesem Fall auch nicht mehr als Sie, Inspektor. Darf ich den Brief behalten?«

»Ich wüsste nicht, was dagegen spräche.«

Du steckst das Papier sorgfältig in deine Brieftasche.

Der Inspektor geht um den Tisch herum, nimmt die Mordwaffe und hält sie dir unter die Nase.

»Sprechen Sie Gälisch?«

»Nein, Inspektor. Während meiner Zeit im Waisenhaus habe ich Griechisch, Latein und ein bisschen Französisch gelernt.«

»Das hier ist ein Sgian Dubh.« Er wiegt den Dolch in seinen Händen. »Haben Sie schon einmal einen Kilt getragen?«

»Nicht mehr seit ich damals das Waisenhaus verlassen habe.«

»Diese Art Dolch«, erklärt Swanson, »schieben sich die Kiltträger in den Highlands in die Kniestrümpfe.«

Jetzt besprecht ihr, was sich nach deinem Eintreffen im Pub abgespielt hat.

»Mr Archibald Peltrew, der Eigentümer des White Blend«, sagt Swanson, »hat mir erzählt, dass außer Ihnen noch ein Schotte da war. Er ging in dem Moment, als Sie kamen, und hat Sie dabei angerempelt. Können Sie sich daran erinnern?«

Du überlegst einen Augenblick, dann fällt dir Archies Bemerkung wieder ein. »Einer von der mürrischen Sorte, nicht gerade gesprächig – wie in den Highlands«, zitierst du mit ausdrucksloser Stimme.

»Genau das hat Mr Peltrew auch gesagt«, bestätigt der Inspektor. »Haben Sie sein Gesicht gesehen?«

»Tut mir furchtbar Leid. Aber ich war schon spät dran und habe nicht darauf geachtet. Alles, woran ich mich erinnern kann, ist ein langer schwarzer Mantel – und dass der Mann sehr groß war.«

»Wirklich schade«, sagt Swanson mit einem Hauch von Enttäuschung in der Stimme. »Der Wirt vom White Blend kann auch nicht mehr sagen. Aber ihm ist noch etwas Interessantes, um nicht zu sagen Ungewöhnliches im Verhalten des Mannes aufgefallen. Wissen Sie was, mein lieber Tim?«

»Ich wüsste nicht was, Inspektor.«

»Nun, stellen Sie sich vor . . .« Swanson lächelt. »Kaum hatte er den Pub betreten, bestellte er eine Limonade, die er auf einen Zug ausgetrunken hat. Limonade! Kaum zu glauben, dass so ein Raubein aus den Highlands an der Theke steht und Limonade bestellt!«

Du weißt nicht, was du dazu sagen sollst, und zuckst mit den Schultern. Ihr kommt jetzt zu dem Augenblick, in dem der Mann erdolcht wurde.

*Wenn du das **Stück Schottenstoff** besitzt, weiter bei **3.** Sonst weiter bei **6.***

33

Dan Mahagonny residiert in einem eigenen Haus in der Oxford Street. Er empfängt nur nach Voranmeldung. Da kannst du noch so betteln, der Butler weist dich ab wie einen Bettler. Du schwörst diesem Schneider Rache und gehst nach Hause.

Weiter bei 18.

Wähle einen Namen oder einen Ort von deinem Ermittlungsbogen und suche ihn auf der alphabetisch geordneten Liste weiter unten. Begib dich dann zu der Hausnummer, die in der Adresse angegeben ist.

Don Peppino: 15, Gower Street

Mahagonny, Dan : 33, Oxford Street

Scotland Yard: 23, Victoria Embankment

Summertime in the East: 7, Spitalfields

Das Archiv in der Kidding Street

Dienstag, 2. April 1891

34

Man kann nicht gerade sagen, dass du eine erholsame Nacht hinter dir hast, so wie du dich im Bett gewälzt und auf den Schlaf gewartet hast. Dieser Fall macht dir richtig zu schaffen, aber von der Fahrt nach Edinburgh kann dich nichts mehr abbringen. Die Wanduhr an deinem Schreibtisch zeigt halb zehn. Du bist fertig mit Packen und stellst deine große Reisetasche aus Leder an die Haustür. Shivananta kümmert sich mit dem Kutscher darum, das restliche Gepäck im Wagen zu verstauen. Du hast deinem Diener strikte Anweisung gegeben, nicht mehr als das Allernötigste einzupacken, weil du nicht vorhast, länger als ein paar Tage zu bleiben. Du schlingst schnell den Rest deines Frühstücks hinunter und versicherst dich, dass im Haus alles in Ordnung ist. Dein Diener wird schon ungeduldig, er sitzt im Schneidersitz vor dem Gespann. Der Fahrer schaut amüsiert zu. Du gibst Shivananta zu verstehen, dass er aufstehen soll, dann steigst du in die Droschke. Der Kutscher führt das Gespann über die Kidding Street in Richtung des Bahnhofs am King's Cross. Während der Fahrt schaust du dir ständig die betretene Miene deines Dieners an. Shivananta stellt keine einzige Frage zu den Geschehnissen des Vorabends. Schließlich hat er immer noch Kopfschmerzen.

»Mein lieber Herr, ich verstehe gar nicht, warum ich so krank bin! Das Getränk war so lecker! Es schmeckte so ganz besonders, ein bisschen wie Milch . . .«
»Manchmal verträgt man einfach den Bierschaum nicht. Lass dir das eine Lehre sein!«
Du machst dich über ihn lustig. Armer Shivananta, er muss noch so viel lernen im Leben! Der Wagen fährt langsamer und hält kurz darauf am Bahnhof.
Weiter bei ***39.***

35

Jemand schüttelt dich. Du machst die Augen auf; dein Diener lächelt dich an.
»Wie – wie spät ist es denn?«
»Es ist schon nach eins, lieber Herr.«
»Und du hast Hunger, stimmt's?«
»Ja, lieber Herr!«
Du reckst und streckst dich und gähnst noch mal ordentlich.
»Alles klar, mein Freund, gehen wir, wir wollen uns stärken.«
Du reibst dir die Augen. Dann stehst du auf und verlässt das Abteil. Deinen Diener ziehst du am Ärmel hinter dir her.
Weiter bei ***40.***

36

Du drehst dich um und schaust geradewegs in Jellys Gesicht. Emma, Kitty und Lilly sind auch da.
»Hallo, Timmiiiie!«, rufen alle im Chor.
»Wie oft habe ich schon gesagt, ihr sollt mich…«
». . . in der Öffentlichkeit nicht so nennen«, unterbricht dich Jelly lachend. »Wenn du es noch ein paar Mal sagst, kapieren wir es vielleicht noch. Du machst mir Spaß: Wir kommen, um dir auf Wiedersehen zu sagen, und du meckerst an uns herum.«
»Woher wisst Ihr denn, dass ich heute früh abreise?«, fragst du mit einem misstrauischen Unterton.
»Der Herr da drüben hat es uns erzählt!«, sagt Emma.
Da siehst du Inspektor Swanson, der ein paar Meter hinter der Gruppe zurückgeblieben ist. Er winkt und kommt näher.
»Wir sind alle gekommen, um Ihnen vor der Abreise Mut zuzusprechen«, sagt er mit einem leicht boshaften Unterton.
»Danke, Inspektor!«
»Tim«, sagt er auf einmal ernst, »versprechen Sie mir bitte, kein unnötiges Risiko einzugehen und Ihren Diener im Auge zu behalten. Ich habe der Polizei in Edinburgh telegrafisch Ihr Kommen angekündigt.«
»Ich danke Ihnen, Inspektor. Machen Sie sich keine Sorgen. Ich werde auf der Hut sein.«
»Auch wenn ich mich wiederhole, Tim, seien Sie vorsichtig! Vergessen Sie nie, dass der Mörder sein Ziel noch nie verfehlt hat, jedenfalls bis jetzt nicht.«
Jelly mischt sich in die Unterhaltung ein: »Er hat völlig

Recht, Tim, das würde mich doch sehr stören, wenn man dich mit durchgeschnittener Kehle da oben mitten zwischen den Schafen fände.«

Beim Anblick deines sich verfinsternden Gesichtsausdrucks lacht Jelly laut los.

»He, MacLean, das war ein Witz!«

»Komische Witze hast du auf Lager!« Du bist ein wenig verstimmt.

Der Bahnhofsvorsteher tritt mit einem Megafon an den Zug und ruft: »Der Edinburgh-Express fährt ab! Die Damen und Herren Reisenden werden gebeten unverzüglich einzusteigen und sich auf ihre Plätze zu begeben!«

»Ich muss los«, sagst du zu deinen Freunden.

»Auf Wiedersehen, Tim!«, sagt Swanson.

»Auf Wiedersehen, Timmmmiiiie!«, rufen Jelly und die Mädchen im Chor. Vom anderen Ende des Gleises kündigt ein Pfiff die unmittelbare Abfahrt des Zuges an. Du steigst schnell in den Waggon und gehst zu Shivananta ins Abteil.

Weiter bei 38.

37

Du läufst immer schneller bis zum nächsten Waggon. Dort drängst du dich wieder in den Gang. Es ist keiner da, außer einem großen Mann mit gewaltigen Fettrollen um die Hüften.

»Ich bitte um Verzeihung, Sir, aber ich suche einen Freund«, lügst du ihn an. »Er hat einen langen schwarzen Mantel an.«

»Es tut mir Leid, Sie enttäuschen zu müssen, aber hier ist niemand vorbeigekommen.«

Er holt eine lange Pfeife heraus und zündet sie an. Dabei hüllt er dich in eine Rauchwolke seines starken Tabaks ein.

Weiter bei 42.

38

Der Zug fährt aus dem Bahnhof. Die Mädchen winken mit weißen Taschentüchern. Du lehnst dich aus dem Fenster und winkst ein letztes Mal. Der Zug fährt schneller und die Gestalten deiner Freunde verschmelzen schließlich mit der Landschaft. Du machst es dir bequem und streckst die Beine aus. Du überlegst schon, was du machst, wenn du in Edinburgh angekommen bist. Der Rhythmus des Schienengeratters wiegt dich in den Schlaf.

Weiter bei 35.

39

Du steigst aus der Droschke und rufst einen Gepäckträger. Dann gehst du zum Fahrkartenschalter und überlässt Shivananta und dem Kutscher das Ausladen des Gepäcks. Du bezahlst die beiden Fahrkarten für den Pullmannwagen in bar und gehst zum Ausgang zurück, um zu sehen, wie es um das Gepäck steht. Inmitten der vielen Leute findest du deinen Diener und den Träger. Sie gehen zu den Gleisen. Du bahnst dir einen Weg durch die Masse der Pendler und holst sie ein. Beim Näherkommen siehst du einen riesigen Koffer auf dem Gepäckwagen.

»Was ist das denn für ein Riesenkoffer, Shivananta?«

»Mein lieber Herr, das ist ein Riesenkoffer.«

»Hör auf dich über mich lustig zu machen! Sag mir lieber, was da drin ist.«

»Unterlagen!«

»Unterlagen? Ich erinnere mich daran, dir dringend nahe gelegt zu haben, nur das Allernötigste mitzunehmen. Wir fahren für ein paar Tage nach Schottland, nicht für zehn Jahre!«

»Ich weiß, lieber Herr, aber Vorsorge ist besser als Nachsorge.«

»Mein Freund, du bist stur wie ein Schotte. Und meine Frage hast du immer noch nicht beantwortet.«

»In diesen Riesenkoffer, lieber Herr, habe ich Euer Archiv, Eure Jahrbücher und alles Weitere hineingetan, was Ihr für die Ermittlungen benötigen könntet.«

Zu so viel Beflissenheit fällt dir nichts mehr ein. Auf dem Gleis, an dem der Edinburgh-Express hält, geht ihr zu den Pullmannwagen. Zwei Gepäckträger eilen herbei und la-

den euer Gepäck in den Zug. Du schaust dabei zu. Plötzlich legt dir jemand eine Hand auf die Schulter.
Weiter bei 36.

40

Mit deinem Diener durchquerst du die Waggons bis zum Speisewagen. Der Oberkellner empfängt dich mit zahlreichen Bücklingen. Er setzt euch an einen freien Tisch und betet die Speisekarte hinunter. Du bestellst ein Glas Milch und einen Salat für Shivananta und für dich selbst Hamburger Aal gefolgt von einem Auerhahn-Ragout, dazu ein Glas Wein. Dein Diener gibt zu, dass ihm immer noch ein bisschen schlecht ist. Du beruhigst ihn mit den Worten, dass ein guter grüner Salat seinen Magen gehörig ausputzen und von den Eskapaden des Vortages befreien werde. Der Oberkellner serviert die Vorspeisen und den Wein. Mit neu erwachtem Appetit nimmst du den Aal in Angriff. Shivananta, der auf einem Salatblatt herumkaut, stiert das Weinglas an.
»Darf ich mal probieren, lieber Herr?«
»Kommt überhaupt nicht in Frage, mein Freund«, antwortest du und hebst das Glas an die Lippen.
Dein Diener lässt enttäuscht den Blick in seinen Salat sinken. Sein Milchglas hat er nicht einmal angerührt. Du hast deine Vorspeise noch nicht ganz aufgegessen, da wird Shivananta plötzlich blass wie ein Leichentuch. Du beugst dich zu ihm hinüber.
»Geht's dir nicht gut, mein Freund?«
Shivananta antwortet nicht. Er hält sich mit beiden Händen den Kopf.

»Stimmen . . . nein . . . ich höre andere Klänge . . . hier schleicht der Tod umher . . .«
Die zusammenhanglosen Worte deines Dieners beunruhigen dich. Du schaust dich um, alles sieht ganz normal aus. Die Gäste am Nachbartisch, ein junges Pärchen, necken sich zärtlich.
»Hier schleicht der Tod . . .«, wiederholt Shivananta.
»Was ist denn los, mein Freund? Sprich doch bitte!«
Ohne es zu merken, hast du laut gerufen. Die Gäste an den anderen Tischen drehen sich nach dir um. Auf einmal steht Shivananta auf und zeigt mit dem Finger auf die Ausgangstür des Speisewagens. »Da drüben, lieber Herr.«
Beim Umdrehen kommt es dir vor, als verlasse jemand schnell den Waggon. Einige Gäste lachen nervös auf. Der Oberkellner, der das alles beobachtet hat, kommt an deinen Tisch.
Weiter bei 48.

41

Unglaublich, wie schnell dieser Tag vergangen ist! Du schaust auf die Uhr, es ist schon nach halb neun. Dein Diener wird wach und reibt sich die roten Augen. Du schlägst vor, zum Abendessen zu gehen. Nur wenig später betretet ihr den Speisewagen. Der Oberkellner bedauert: Alle Tische sind besetzt.
In dem Moment siehst du eine hübsche junge Dame, die allein zu Abend isst. Der Oberkellner ist deinem Blick gefolgt und bietet sich an, sie zu fragen, ob ihr euch an ihren Tisch setzen dürft.
Weiter bei 43.

42

Du kehrst mit leeren Händen in den Speisewagen zurück. Als wäre nichts gewesen, isst Shivananta seinen Salat, indem er jedes Blatt kaut, als hinge sein Leben davon ab. Du setzt dich wieder zu ihm.

»Kannst du mir erklären, was mit dir geschehen ist?«, fragst du leise. Shivananta hört auf zu kauen und sagt:

»Ich weiß nicht, lieber Herr. Ich habe gesehen, wie der Tod an uns vorbeigegangen ist, und ich habe die Glocken gehört.«

Du erschauerst. Zum letzten Mal hat dein Diener die Glocken im Pub in Spitalfields läuten hören, als der Notargehilfe ermordet wurde.

Du konzentrierst dich auf dein Auerhahn-Ragout, um auf andere Gedanken zu kommen, aber die Geschichte hat dir den Appetit verdorben. Außerdem ist das Essen kalt geworden. Vielleicht hilft ja ein Schluck Wein – du greifst nach dem Glas und stellst erstaunt fest, dass es leer ist.

»Shivananta!«, schreist du wütend.

Dein Diener senkt den Kopf, als hätte sein letztes Stündlein geschlagen. Schon wieder schauen sich alle nach euch um. Der Oberkellner kommt und bedeutet dir mit höflichen Worten, aber eiskalter Stimme, doch bitte zu respektieren, dass die anderen Gäste in Ruhe speisen möchten. Du verlangst die Rechnung, begleichst sie auf der Stelle und gehst. Deinen Diener schubst du vor dir her.

*Weiter bei **46**.*

43

Der Oberkellner teilt dir mit, dass die junge Dame euch an ihrem Tisch willkommen heißt. Du bist sehr erfreut über ihre charmante Einladung und eilst zu ihr. Der Oberkellner übernimmt die Vorstellung: »Das ist Miss Cornelia Fraser. Und Ihr Name, Sir?«

»Mr Timothy MacLean«, antwortest du ein wenig linkisch, während du von einem Fuß auf den anderen trittst. Cornelia Fraser schenkt dir ein strahlendes Lächeln und zeigt dabei ihre schönen weißen Zähne. »Und das ist mein treuer Diener Shivananta.«

Du bist immer noch verwirrt. Dein Diener seinerseits verneigt sich feierlich, indem er beide Hände vor dem Gesicht zusammenführt.

Nach der ordnungsgemäßen Vorstellung zieht der Oberkellner sich zurück. Der Charme des jungen Mädchens bezaubert dich, aber du genierst dich und weißt nicht, was du sagen sollst.

»Ihr Freund ist aber seltsam, Mr MacLean«, sagt sie schließlich, um das Eis zu brechen.

»Stellen Sie sich vor, ich habe ihn auf einer Mülldeponie in den Londoner Docks gefunden!«

Die junge Frau lacht los.

Du erliegst ihrem Zauber.

»Lieber Herr, Ihr erzählt himmelschreienden Unsinn!«, protestiert Shivananta.

»Würdest du bitte still sein, mein Freund!«, befiehlst du immer noch lächelnd.

»Oh, Mr MacLean, Sie reden mit sich selbst!«

»Mein Diener ist von Geburt an stumm, mein Fräulein.

Manchmal verständigen wir uns deshalb gedanklich – wenn er nicht gerade zu viel getrunken hat.«
Sie lacht noch mehr. Mein Gott, wie schön sie ist!
»Mr MacLean, das ist aber gar nicht nett, dass Sie sich so über mich lustig machen«, protestiert sie und amüsiert sich dabei.
»Da hat sie ganz Recht, lieber Herr, hört auf, ihr solche dummen Geschichten zu erzählen.«
Du zerquetschst in aller Stille die Füße deines Dieners, damit er seine Gedanken in Zukunft für sich behält. Der Oberkellner kommt und will die Bestellung aufnehmen. Du bestellst wieder einen Salat für Shivananta. Er zieht ein Gesicht.
»Ach, der Arme.« Cornelia bedauert ihn. »Er wird verhungern.«
»Keine Sorge. Er hält gerade Diät. Sonst isst er, so viel er kann, wenn er nicht draußen schläft.« Cornelia Fraser lacht schon wieder und dein Herz bebt. Shivananta versteht gar nicht, warum das junge Mädchen dauernd lacht bei dem Blödsinn, den du verzapfst. Die Unterhaltung plätschert auf angenehme Weise vor sich hin. Cornelia erzählt von ihrer Jugendzeit und von ihrem Geburtsort Freigh Na'loch, einem kleinen Dörfchen an der Küste in der Nähe von Edinburgh. Sie erzählt, dass ihr Vater sie jetzt, nachdem sie jahrelang in einer Klosterschule in Cambridge erzogen wurde, nach Hause gerufen hat. Über die Gründe dieses letzten männlichen Abkömmlings des Fraserclans macht sie sich ausgiebig lustig. Sie freut sich schrecklich, nach Hause zu kommen.
Dann erzählst du aus deinem Leben. Sie hört fasziniert zu.

»Ein Detektiv! Und so viele Geheimnisse, schon seit Ihrer Kindheit! Ihr Leben muss ja unheimlich spannend sein!«

»Aber ich bitte Sie, Miss Fraser. Das ist doch nichts Besonderes . . .«

Du bist ganz durcheinander.

»Sagen Sie Connie zu mir«, sagt sie unendlich sanft.

»Oh, Connie! Oh, mein lieber Tim! Werdet Ihr sie heiraten, lieber Herr?«

Du trittst deinem Diener erneut auf die Füße und vernichtest ihn mit Blicken.

»Was hat er denn?«, fragt Connie besorgt.

»Nichts, Miss Connie«, sagst du und siehst Shivananta in die Augen. »Es ist nur so, müssen Sie wissen, dass ich manchmal Stimmen höre in meinem Kopf. Aber sie sind bestimmt gleich still.«

»Sie sind wirklich komisch«, sagt sie lachend. »Komisch . . . und charmant.«

Bei diesem Kompliment läufst du puterrot an. Auf einmal fragt dich der Oberkellner, ob ihr wohl noch einen Gast an euren Tisch lasst – alle anderen Plätze sind besetzt. Ihr antwortet einstimmig, dass ihr nichts dagegen habt.

Weiter bei 45.

44

Als du ins Abteil kommst, hörst du das regelmäßige Schnarchen deines Dieners. Du gehst sofort ins Bett und schläfst gleich ein.

Weiter bei 47.

45

Der Oberkellner kommt mit einem beleibten Mann zurück, der so unsympathisch aussieht, dass keiner Lust hat ihn kennen zu lernen. Er stellt sich vor: Mr Callandish, Vertreter und Großhändler in Sachen Spirituosen. Dann setzt er sich zu euch an den Tisch. Eure Intimität ist dahin, denn er langweilt euch mit endlosen Geschichten aus seinem Leben und von all den Leuten, die er seit Beginn seiner Reise getroffen hat. Plötzlich hält er inne angesichts der Vase, die in der Mitte des Tisches steht.

»Glockenblumen!«, ruft er.

Du zuckst zusammen, als er diesen Blumennamen ausspricht. Du schaust auf die Vase – siehe da, ein Strauß blauer Glockenblumen! Da stand er schon, als du kamst, aber du hast ihn nicht bemerkt.

»Wissen Sie, was man in Schottland über diese Blumen erzählt?«, fragt er mit einem Lächeln. »Nun, die Schotten glauben, wenn man die Glockenblumen läuten hört, hört man seine eigenen Totenglocken.«

Er legt das Ohr an die Vase.

»Nicht zu fassen! Ich höre sie! Vielleicht bin ich ja bald tot! Ha, ha, ha! Komisch, nicht?«

Connie ist genauso blass wie du. Sie findet seine Witze geschmacklos. Shivananta dagegen ist wie versteinert.

»Der Mann hat Recht, lieber Herr! Ich höre sie auch.«

Da wären wir wieder, alles fängt von vorne an. Du tust so, als seist du plötzlich schrecklich müde, und fragst Connie, ob du sie zu ihrem Abteil bringen sollst. Mr Callandish bemerkt eure Verlegenheit und entschuldigt sich. Er habe keinen erschrecken wollen. Damit ihr ihm verzeiht, will er

euch ein Glas Champagner ausgeben. Widerwillig akzeptierst du dieses Angebot in der Hoffnung den Rüpel damit loszuwerden.
Als der Champagner auf dem Tisch steht, greift Shivananta schnell nach seinem Glas. Du kannst es ihm gerade noch wegnehmen. Dein eigenes Glas trinkst du mit einem Zug leer. Connie tut es dir nach. Shivananta geht beleidigt schlafen. Ihr steht rasch auf, aber Callandish besteht darauf, euch zu begleiten. Da kann man nichts machen. In Connies Abteil macht Callandish es sich bequem, zündet seine Pfeife an und fängt wieder an langweiliges Zeug zu reden.
Connie wird langsam ungeduldig. Du schaust auf die Uhr, was Callandish dazu veranlasst, das Gleiche zu tun. Nun merkt auch er, wie spät es schon ist, und zu Connies großer Erleichterung will er endlich gehen. Kaum ist er weg, öffnest du das Fenster, um den unerträglichen Tabakgestank zu vertreiben.
Dann setzt ihr euch wieder und unterhaltet euch weiter. Plötzlich spürst du etwas am Gesäß. Eine goldene Uhr. Du drehst sie um. Auf der Rückseite steht: **Whiskey MacCool.**
Connie meint, dass sie Callandish gehören muss. Sie ist ihm sicher aus der Hosentasche gefallen, als er sie eben zurückstecken wollte. Ihr unterhaltet euch noch eine gute Stunde lang, bis Connie dich bittet, dich zurückzuziehen. Das Herz tut dir weh, als du sie verlassen musst, aber du versprichst ihr, sie in ihrem Dorf Freigh Na'loch zu besuchen. Du willst schon gehen, da ermahnt sie dich noch, nicht zu vergessen, Callandish die Uhr zurückzugeben.

*Nimm die **Uhr** ins Inventar auf. Wenn du sie ihrem Besitzer sofort zurückgeben willst, weiter bei **49**. Wenn nicht, geh in dein Abteil, weiter bei **44**.*

46

Im Abteil öffnest du das Fenster. Du brauchst frische Luft. Du hast große Lust Shivananta auszuschimpfen, aber verstört von seinen Todesvisionen sucht der sein Heil im Schlaf. Also lässt du ihn lieber in Ruhe. Er schläft sofort ein.
In der Zwischenzeit kramst du in deiner Brieftasche nach dem Brief, den Swanson bei den persönlichen Habseligkeiten des ermordeten Notargehilfen gefunden hat. Obwohl der Brief von dem vielen Blut ganz hart ist, gelingt es dir, ihn auseinander zu falten. Du untersuchst ihn und versuchst ein bisschen Blut abzukratzen. Diese Methode bringt dich zwar nicht viel weiter, aber immerhin kannst du ein paar Wörter entziffern: ». . . haben herausgefunden . . . da oben sind aber . . . denn in der Abtei . . .«
Eine Abtei? Das macht keinen Sinn! Einen Augenblick lang willst du den Brief wegwerfen, aber du überlegst es dir anders und steckst ihn in die Brieftasche zurück. Du beobachtest kurz deinen Diener, um sicherzugehen, dass er nicht von Alpträumen gequält wird. Alles scheint bestens, er schnarcht.
Den Rest des Nachmittags verbringst du mit der Lektüre der Times, die du heute Morgen vor deiner Abreise gekauft hast.
*Weiter bei **41**.*

47

Im Morgengrauen wirst du durch Schreie geweckt. In Windeseile stehst du auf und stürzt aus dem Abteil. Vor Mr Callandishs Abteil drängen sich viele Leute. Du befürchtest das Schlimmste und schreist die Schaulustigen an, dass sie dich durchlassen sollen. Du landest direkt vor dem Schaffner. Du fragst, was passiert ist. Der Schaffner bringt jedoch kein verständliches Wort heraus. Offensichtlich steht er unter Schock. Du teilst ihm mit, dass du als Detektiv für Scotland Yard ermittelst. Zutiefst beeindruckt lässt er dich passieren. Durch die halb offene Abteiltür siehst du am Boden eine Leiche in einem Meer von Blut. Mit wackligen Beinen gehst du ins Abteil.

*Weiter bei **50**.*

48

Mit einem Satz springst du auf und rennst in den Mittelgang. Dabei rempelst du den Oberkellner an.

»Ist irgendetwas nicht in Ordnung, Sir?«, fragt er überrascht. Ohne zu antworten, läufst du weiter zur Tür des Speisewagens.

Hinter der Glasscheibe erkennst du eine Gestalt, die dir bekannt vorkommt. Du drückst die Tür auf und rennst in den Gang des Waggons vor dem Speisewagen. In dem Gang ist niemand! Dabei hättest du schwören können, einen Mann im langen schwarzen Mantel gesehen zu haben . . . Hat deine Einbildungskraft dir einen Streich gespielt?

*Wenn du noch einen Waggon weitergehst, weiter bei **37**. Sonst gehe zurück in den Speisewagen, weiter bei **42**.*

49

Du läufst durch die endlosen Gänge des Zuges – auf der Suche nach Callandishs Abteil. Nachdem du alles abgeklappert hast, triffst du den Schaffner. Du erklärst ihm, dass du eine Uhr gefunden hast, die du ihrem Besitzer, Mr Callandish, gern zurückgeben würdest. Der Schaffner will dich zu seinem Abteil bringen und schnell durchquert ihr mehrere Wagen, bis ihr an deinem eigenen Abteil vorbeikommt.

Am Ende stellt sich heraus, dass Callandishs Abteil direkt neben deinem liegt. Der Schaffner bleibt davor stehen und klopft an die Tür. Keine Antwort! Du bittest ihn noch mal zu klopfen. Nichts.

»Wahrscheinlich schläft er schon«, sagt der Schaffner.

»Bestimmt haben Sie Recht. Egal, dann gebe ich sie ihm eben morgen zurück.«

Du gehst in dein Abteil.

*Weiter bei **44**.*

50

Du gehst näher an die Leiche heran. Mr Callandish! Steif wie ein Brett! Von einem Sgian Dubh ins Jenseits befördert, als er gerade die Zeitung las. Du hebst eine Seite der Times leicht an. Das Gesicht des Unglücklichen ist zu einer schrecklich verzerrten Maske gefroren. Der Mörder hat sich überdies den Luxus erlaubt, ihm eine Glockenblume zwischen die Zähne zu stecken. Du forderst den Schaffner auf, das Abteil bis zur Ankunft im Bahnhof von Edinburgh zu verriegeln. Du weckst deinen Diener, damit er die Sachen packt. Der Express fährt nämlich gleich in den Bahnhof ein. Ist der Attentäter vielleicht noch im Zug?

Weiter bei 51.

Mittwoch, 3. April 1891

51

Zur Bestimmung der Todesursache ist hier wirklich keine ärztliche Untersuchung vonnöten. Callandish, der Spirituosengroßhändler, wurde – wie alle anderen Opfer in diesem Fall – mit einem Sgian Dubh getötet. Also wirklich, es reicht schon, dass du dich kurz mit jemandem unterhältst, schon wird er sauber durchbohrt. Einen Moment lang machst du dir Sorgen um die bezaubernde Cornelia Fraser. Aber nein, das kann nicht sein, sie ist viel zu ... du denkst an ihr Lächeln und den kurzen Wink durchs Fenster, als sie in ihr fernes Herrenhaus fuhr. Das war eben erst, auf dem Gleis ...

»Lieber Herr, denkt Ihr schon wieder an die junge Dame?«, fragt dein unverschämter indischer Begleiter.

»Würdest du bitte so freundlich sein, mein lieber Freund, *und aus meinem Kopf verschwinden!«*

Mit einer Bewegung dreht sich plötzlich die Menschenmenge nach dir um. Du deutest ein Lächeln an und verdrückst dich. Shivananta folgt dir mit dem schweren Riesenkoffer.

Weiter bei 53.

52

Stolz thront das Schloss von Edinburgh auf einem hoch gelegenen Felsen. Der Blick auf die Stadt und die Umgebung ist überwältigend. Der kühle Wind des Hochlands weckt deine gute Laune. Aber nach kurzer Zeit beginnt Shivananta sich ständig umzuschauen.

»Mein lieber Herr, wir werden verfolgt.«

»Bist du sicher?«

»Der Mann ist geschickt, so gut wie unsichtbar, aber meinem Instinkt kann er doch nicht entgehen.«

Du schaust dich zerstreut um, kannst aber niemanden sehen, der den Verdacht erhärten würde. Trotzdem, du weißt, Shivananta irrt sich selten.

Wenn du den Spaziergang beendest und Gordon Hoyle einen Besuch abstattest, weiter bei ***59****. Wenn du lieber in die Pension zurückgehst, weiter bei* ***74****.*

53

Während die Droschke euch über die Royal Mile, eine der ältesten Hauptstraßen der großartigen schottischen Hauptstadt, spazieren fährt, versuchst du vergeblich, Shivananta zu erklären, dass gewisse Gedanken privater Natur sind. Aber für einen Telepathen sind Gedanken ungefähr so offensichtlich wie die Tatsache, dass die Nase mitten im Gesicht steckt. Du gibst es auf, als ihr an der kleinen Pension namens *The Swan* ankommt, die hübsch am Fuß des berühmten Edinburgher Schlosses auf dem Castle Hill liegt. Ihr habt das Zimmer ganz oben auf der letzten Etage, mit Aussicht auf die grünen Wiesen des Princess Street Garden. Deine Über-

raschung ist groß, als Shivananta dir ein Telegramm reicht, das kurz zuvor angekommen ist.
*Wenn du es lesen willst, weiter bei **63**. Sonst weiter bei **54**.*

54

Wenn Mitternacht die Stunde des Verbrechens ist, dann ist die Teestunde die beste Zeit eins aufzuklären. Du öffnest den Riesenkoffer, der dein wertvolles Archiv enthält, und breitest die Hauptbeweisstücke vor dir aus.
*Sieh im Archiv im Koffer auf S. 103 nach und wähle einen Namen oder einen Ort, der auf deinem Ermittlungsbogen steht. Wenn du lieber in Edinburgh spazieren gehen willst, um an die gute alte Zeit im Waisenhaus zu denken, weiter bei **58**. Wenn du sicher bist, dass du alle Spuren verfolgt hast, weiter bei **64**. Wenn du keine Fortschritte verzeichnen kannst, zurück zu **51**.*

55

Die Firma Hoyle ist etwa zwei oder drei Häuserblocks vom Holyroodhouse Palace entfernt am unteren Ende des Canongate in einem prunkvollen Gebäude untergebracht. Ein junger Lehrling empfängt dich mit ausgesuchter Höflichkeit und bittet dich im Vorzimmer zu warten. Die altmodische Holzvertäfelung und die bejahrten Ledersessel verraten einen gewissen provinziellen Luxus. Die Firma hat keinen Grund zur Klage. Mit genealogischen Forschungen verdient sie normalerweise wohl kaum ihr Geld.
*Weiter bei **60**.*

56

In der Nähe der Docks liegen die Brennerei und das Lager von Whiskey MacCool. Sie sind in finster wirkenden Gebäuden untergebracht. Das Viertel an den Docks an der Mündung des Forth hat nicht gerade den besten Ruf. Glücklicherweise setzt die Droschke euch direkt vor dem Tor ab. Du hast den perlmuttenen Knauf des Stockdegens fest im Griff und die Ohren gespitzt. Vorsichtig geht ihr durch das Tor eine dunkle Allee hinauf. Ab und zu seht ihr Arbeiter, die hinter den Eichenfässern ihrer Arbeit nachgehen. Schließlich kommt ihr zu einem Gebäude mit schmutzigen Scheiben. Auf einem Zettel steht: BÜROS. Ohne diesen Hinweis hättet ihr schwerlich hingefunden. Nachdem ihr euch erstaunt angeschaut habt, drückt ihr die quietschende Tür auf.

*Weiter bei **61**.*

57

Inspektor Friar hat euch schon erwartet, das trifft sich gut. Als tüchtiger Schotte verliert er keine Zeit mit unnützen Reden und bringt euch gleich ins Archiv. Auf dem Tisch liegen mehrere Akten, die er aus den Schubladen gezogen hat. Die Lektüre ist tatsächlich erbaulich. Nicht weniger als drei Morde mit Sgian Dubh und Glockenblume sind in dieser Gegend begangen worden. Alle Opfer gehörten der Vereinigung der Alkoholerzeuger an und hatten geschäftlich mit **Whiskey MacCool** zu tun. Kein einziger Mord konnte aufgeklärt werden.

*Wenn du dir die Morde noch mal vor Augen führen willst, weiter bei **62**. Wenn du dir die Schlussfolgerungen Inspektor Friars anhören willst, weiter bei **79**.*

58

Edinburgh ist und bleibt eine Stadt des Mittelalters. Trotz vieler neuer Gebäude blieb die ländliche Atmosphäre der alten Straßen erhalten. Hier fühlst du dich zu Hause. Und nun würdest du auch gern den Schleier von dem vertracktesten aller jemals von dir untersuchten Geheimnisse reißen – dem deiner eigenen Herkunft. Dank deiner Zugehörigkeit zu diesem Volk kannst du deine Kenntnisse der Stadt freudig deinem treuen Diener Shivananta nahe bringen. Euer Spaziergang führt euch unweigerlich zu dem großartigen Schloss, von dem man sich die unglaublichsten Gespenstergeschichten erzählt.

Weiter bei ***52****.*

59

Je näher ihr zum Canongate kommt, umso zahlreicher werden die Passanten. Sie strömen zu einer Menschenmenge vor einem Gebäude, das lichterloh brennt. Das Schild des hoyleschen Immobilienbüros ist schon völlig verkohlt. Die Nachbarn tun sich zusammen und bilden eine Kette, während sie auf die Feuerwehr warten. Das Feuer hat die Fassade bereits zerstört und droht jetzt auf die mittleren Gebäudeteile überzugreifen. Du verfällst in tiefe Verzweiflung. Hier werden vielleicht die Geheimnisse deiner Familie bewahrt. Und jetzt geht alles in Flammen auf. Aber vielleicht ist es noch nicht zu spät.

Wenn du dich in das brennende Gebäude stürzt, weiter bei ***67****.*
Wenn du dich nicht weiter mit dieser Spur befassen willst, gehst du in die Pension zurück. Weiter bei ***66****.*

60

Leider kommt ein Gehilfe, der bedauert, dass Mr Hoyle und sein Sekretär, Mr Morgan, am anderen Ende der Stadt zu Mittag essen. Du wirst gebeten später wieder zu kommen. Da du auf dieser Spur nicht weiterkommst, konzentrierst du dich auf die anderen Hinweise, denen du noch nachgehen musst.

*Du gehst in die Pension zurück, weiter bei **66**.*

61

Winston MacCool ist hier der Chef. Weit davon entfernt, ein liebenswürdiger Mensch zu sein, gehört der Mann zu jenen Schotten, die aus grobem Holz geschnitzt sind. Er redet nicht gern und wenn, dann mit rauer Stimme. Das Einzige, was ihn interessiert, ist der Verkauf des Whiskeys, den seine Familie seit zwei Jahrhunderten brennt. Wenn überhaupt, will er deine Fragen erst nach einer Besichtigung seines Palastes beantworten. In deinen Adern fließt zwar schottisches Blut, aber bei dem allgegenwärtigen Dreck, dem Gestank von faulendem Eichenholz und Torf und den wabernden Alkoholdämpfen dreht sich dir der Kopf. Du hörst Shivananta telepathisch schlucken, er wird langsam, aber sicher beschwipst. Bekanntlich geht das bei ihm schnell.

*Höflich wie du bist, bringst du die Besichtigung ohne ein Wort hinter dich. Weiter bei **65**.*

62

Du nimmst dir einen Fall nach dem anderen vor. Das erste Opfer, Henry Bromond, war Direktor der Cargos Forth, eines Seefahrt-Unternehmens, das die Verbindung zum

Norden des Landes aufrechterhielt. Das zweite Opfer, Kyle MacFrach, betrieb einen Ausschank in Aberdeen, und das letzte, ein gewisser Dunn Cavendish, brannte Schnaps im Raum Glasgow. Alle wurden mit einer Glockenblume im Knopfloch gefunden. Du kannst dein Hirn noch so anstrengen, ein Motiv für die Verbrechen kannst du nicht erkennen: Rache, eine Abrechnung unter den Clans oder wilder Hass auf alles Alkoholische. Ein Puzzleteilchen fehlt noch.

*Wenn du meinst, es wäre jetzt an der Zeit, Hoyle zu besuchen, weiter bei **59**. Wenn du dir Friars Schlussfolgerungen anhören willst, weiter bei **79**. Wenn du zur Pension zurückgehst, weiter bei **66**.*

63

Das Telegramm ist von Scotland Yard.

»Also wirklich, Swanson ist schneller, als die Polizei erlaubt«, murmelst du beim Öffnen des Briefumschlags.

– RECHERCHEN DER AKTEN VON AUSSERHALB BEENDET – STOPP – WEITERE MORDE IM RAUM EDINBURGH – STOPP – AN INSPEKTOR FRIAR, HAUPTWACHE, WENDEN —

»Ich denke, mein lieber Freund«, forderst du deinen Komplizen auf, »wir sollten unseren Freunden auf der **Hauptwache von Edinburgh** mal einen Besuch abstatten.«

*Jetzt musst du dich wirklich auf deinen Fall konzentrieren. – Weiter bei **54**.*

64

Nach so einem Tag gibt es nichts Besseres zur Belebung des detektivischen Eifers als eine gute Nacht. Bevor du aber in dein mollig weiches Bett schlüpfst, untersuchst du es ganz genau. Wer weiß, welche Prüfungen das Hirn deines telepathischen Freundes wieder ausgeheckt hat? Zum Glück findest du nur eine Wärmflasche. Der Fakirschüler würde es doch wohl nicht wagen, sie mit Säure oder Arsen zu füllen? Ohne einen Augenblick zu zögern, nimmst du die Wärmflasche beim Zipfel und legst sie auf die Fensterbank. Fünf Sekunden später schläfst du tief und fest.

Weiter bei 72.

65

MacCool überschüttet euch mit technischen Details, so stolz ist er auf seine Arbeit. Shivananta kann schon nicht mehr geradeaus laufen, aber plötzlich bleibt er direkt über den Bottichen stehen.

»Mein lieber Herr, es geht schon wieder los.«

»Was . . .?«

»Ich höre Totenglocken. Sie läuten wieder.«

Kaum hat er diese Warnung ausgesprochen, da bricht MacCool mitten im Satz mit einem Schmerzensschrei ab. Er sinkt zu Boden, ein Sgian Dubh steckt in seiner Brust. Im Halbdunkel hinter einem Destillierkolben richtet sich eine Gestalt im langen schwarzen Mantel auf. Sie wirft eine Glockenblume auf die Leiche und verschwindet im Laufschritt. MacCool wird von Zuckungen geschüttelt. Du rennst zu ihm hin und hebst seinen Kopf.

»MacCool! MacCool!«, rufst du in Panik.

Ein langer dünner Blutstrom kommt aus seinem Mund. Verzweifelt versucht er etwas zu sagen.

»Gna . . . Gnaade, Hilfe! Ich sterbe . . . Beim heiligen Georg . . . was zu trinken . . .«

MacCool röchelt ein letztes Mal, bevor er in deinen Ar-

men aus dem Leben scheidet. Du stehst auf. In welche Richtung ist der Mörder geflohen?
*Wenn du ihn verfolgst, weiter bei **68**. Wenn du ihn laufen lässt, nimmst du dir in MacCools Büro die Unterlagen der Brennerei vor. Weiter bei **82**.*

66

In der Pension gehst du mit deinem Diener die jüngsten Ereignisse noch einmal durch.
*Weiter bei **54**.*

67

Den Konstablern gelingt es nicht, dich zurückzuhalten. Du durchbrichst ihre Reihen und stürzt dich in den Schmelzofen. Schützend ziehst du dir den Überzieher über den Kopf und gelangst so zur Büroetage. Die Decke droht einzufallen, aber gegenüber der Bürotür eines gewissen Claim Morgan findest du das Büro von Hoyle. Der Raum ist verwüstet, als hätte ein wildes Tier gewütet, und die Leiche von Gordon Hoyle liegt auf dem qualmenden Boden. Trotz des schottischen Dolches in seiner Kehle – schon wieder einer – bewegt sich der Mann noch. Du kniest neben ihm nieder. Er öffnet ein Auge.
»MacLean . . . MacLean . . .«, flüstert er röchelnd.
Du neigst dich zu ihm hinab, damit du im Lärm der explodierenden Holzvertäfelung und des zerspringenden Glases seine letzten Worte verstehen kannst.
»Ihre Vergangenheit liegt in Glenloven . . . **Die Abtei von Glenloven** . . . in der Nähe von Freigh Na'loch . . . Können Sie mich verstehen?«

»Ja, ich verstehe Sie«, antwortest du, während der Qualm dir Augen und Kehle verbrennt.

»MacLean . . . MacLean . . .«

»Ja?«

»Wasss . . . zuu . . . trinken . . .«

Du kannst gerade noch reflexartig zurückspringen, bevor die Balken auf die Leiche herunterkrachen und Hoyle bis in den Keller hinabreißen. Nur wenige Sekunden später rennst du aus dem Haus, schwarz geräuchert, aber auf einer neuen heißen Spur. Dieses Mal bist du persönlich vom Wahn des schottischen Messermörders betroffen.

Wenn du den erwähnten Claim Morgan suchst, weiter bei ***71.*** *Sonst kehrst du in die Pension zurück. Weiter bei* ***66.***

68

Plötzlich siehst du ihn wieder: Der Mörder läuft genau über den Bottichen. Mit dem Stockdegen in der Hand kletterst du die neben dir stehende Leiter hoch. So schneidest du ihm den Weg ab. Als er merkt, dass du ihn in die Enge getrieben hast, wirft er sich ins Leere. Im Flug ergreift er eine Kette und schwingt sich geschickt wie ein Affe durch die Lagerhalle. Da kannst du noch so schnell rennen, durch dieses Manöver ist er wieder im Vorteil. Er passiert eine hohe Schiebetür und entkommt nach draußen. Mit langen Schritten ergreift er die Flucht.

Wenn du ihn verfolgst, weiter bei ***70.*** *Wenn du ihn laufen lässt und stattdessen lieber die Brennerei unter die Lupe nimmst, weiter bei* ***82.*** *Wenn du etwas anderes machen willst, gehe zurück in die Pension. Weiter bei* ***66.***

69

»Schnell, Shivananta, hol ihn dir!«, schreist du, während du versuchst den Dolch aus der Wand zu ziehen.

Geschwind wie ein südafrikanischer Gibbon springt der kleine Yogi aus dem Fenster, klettert aufs Dach und heftet sich an die Fersen des Störenfrieds. Du kannst ihn nicht mehr sehen und bekommst es mit der Angst. Du schickst mentale Botschaften wie eine Flaschenpost hinterher, aber er antwortet nicht. Ist er hingefallen? Hat er sich verletzt? Das würdest du dir nie verzeihen.

»Alles in Ordnung, lieber Herr. Bitte hört auf so zu schreien. Ich folge ihm sehr schnell. Er rast wie die Paviane im Tempel von Brahma, aber vielleicht hole ich ihn doch noch ein – nein, er springt auf ein anderes Dach! Das ist kein Mensch, das ist ein Dämon. Ich aber auch!«

»Geh bloß kein unnützes Risiko ein, Shivananta! Hörst du, Shivananta?«

»Keine Angst, lieber Herr, die Göttin beschützt mich . . . Auuuaaa!«

»Was ist passiert? Shivananta? Shivananta? SHIVANANTA?«

*Weiter bei **80**.*

70

Der Mörder läuft weiter durch die engen Straßen. Diesmal darf er nicht entkommen, du läufst noch mal doppelt so schnell hinterher. An zwei Kreuzungen hättest du ihn beinahe verloren, aber dann tauchte er immer wieder auf. Ohne das geringste Anzeichen von Erschöpfung führt er dich durch ein Labyrinth aus Gassen und Straßen bis in die Vororte. Mit seiner Bombenkondition kann er seinen

Vorsprung sogar noch ausbauen. Außerdem scheint er die Stadt zu kennen wie seine Westentasche. Nach den Docks, kurz vor den Vororten, gerätst du mitten in einen Markt. Sorgsam rennst du im Zickzack durch die Menge, den Mörder immer im Visier. Du rempelst Passanten an und springst über Obst- und Gemüsekisten, aber es gelingt dir, den Abstand zu verringern.

*Wenn du ihn weiter wie besessen verfolgst, weiter bei **81**. Wenn du die Verfolgung beendest, holst du Shivananta ab und gehst zurück in die Pension. Weiter bei **66**.*

71

»Mein lieber Herr«, schreit Shivananta, »bei den Armen der Göttin, Ihr seid am Leben!«

»So ist es«, seufzt du und klopfst dir den Ruß aus den Kleidern. »Und am Leben will ich auch bleiben, bis ich endlich weiß, wer hinter diesen Morden steckt. Aber erst müssen wir einen gewissen Claim Morgan finden.«

»Mr MacLean, stimmt's?« Vor dir steht ein Mann mit einem gepflegten roten Bart. Du tauschst einen verblüfften Blick mit Shivananta.

»Mein Name ist Morgan, Claim Morgan. Ich bin der Sekretär von Mr Hoyle.«

Es braucht nicht viel, um ihn zum Reden zu bringen. Er und sein Chef sind auf genealogische Hinweise gestoßen, die besagen, dass die MacLeans in dieser Gegend lebten. Selbstverständlich wollten sie ihre Entdeckung dem jüngsten und berühmtesten Spross dieser Familie, der nichts Genaues über seine Herkunft weiß, kundtun. Leider hatte nur Mr Hoyle Zugang zu der vollständigen dich betreffenden Akte. Morgan hat keine Ahnung, wer seinen

Vorgesetzten ermordet haben könnte. Die Nachricht von seinem Tod drückt ihn dermaßen nieder, dass nichts mehr aus ihm herauszubekommen ist.
*Du gehst in die Pension zurück. Weiter bei **66**.*

72

Du träumst einen so schönen Traum, dass sogar im Schlaf ein Lächeln deine Lippen umspielt. Er spielt in der Heide und du schlenderst entspannt neben der hinreißenden Connie Fraser. Ihr seid ja so ein schönes Paar! Auf einmal summt dir unverkennbar die mentale Stimme deines Assistenten durch den Kopf.
»Lieber Herr«, zischt sie, »keine Zeit mehr für die junge Dame . . . Aufstehen . . . lieber Herr!«
»Was denn!«, heulst du innerlich.
Shivananta steht vor deinem Bett. Du stehst auf und siehst beim Anzünden der Nachtkerze einen Schatten vor dem Fenster. Im gleichen Augenblick fliegt ein langer schottischer Dolch nur wenige Zentimeter von dir entfernt vorbei und dringt in die Wand. Dabei heftet er ein Stück deines Morgenmantels fest. Du unterdrückst einen Überraschungsschrei, der Schatten im Fenster verschwindet. Ein Dolch nagelt dich an die Wand, aber er sieht ganz anders aus als jene, die der Mörder sonst benutzt. Nur Shivananta kann den Angreifer verfolgen. Was tun?
*Wenn du Shivananta hinter ihm her schickst, weiter bei **69**. Andernfalls bleibst du ganz ruhig und trinkst einen von Shivananta zubereiteten Kamillentee. Er bietet dir an, die erste Wache zu übernehmen. Du verriegelst die Fenster und legst dich wieder ins Bett. – Weiter bei **75**.*

73

»Mein lieber Herr, bei Nacht herrschen nicht gerade günstige Bedingungen für solche Suchaktionen. Außerdem habe ich nur ein Nachthemd an. Das Klima Eures schönen Landes bekommt mir nicht, und wenn ich jetzt nicht aufpasse, kriege ich eine Lungenentzündung . . .«

»Eine Lungenentzündung ist eine ernste Angelegenheit, mein Freund. Lass es gut sein und komm schnell zurück. Wir werden uns bald wieder sehen.«

»Ich weiß, lieber Herr, ich bin schon unter Eurem Fenster«, sagt Shivananta.

»Dich meine ich doch gar nicht.« Du reißt an deinem Morgenmantel, durch den sich der Dolch gebohrt hat. »Ich meinte ihn.«

»Aber er kann Euch doch gar nicht hören, lieber Herr.«

Du seufzt und lässt dich aufs Bett fallen. Die Nacht bringt Rat, aber erst sehr spät gelingt es dir, wieder einzuschlafen. So nah wie eben warst du der Gefahr noch nie.

Weiter bei 75.

74

Bei deiner Rückkehr in die Pension übergibt Mrs Pierce, die Wirtin, dir einen weiteren Brief. Sie schaut ein wenig misstrauisch, offensichtlich hat sie – zu Unrecht – den Verdacht, dass sie es mit einem englischen Prinzen zu tun hat, der von seinem Diener aus den Kolonien begleitet wird. Ein Prinz, der anonym bleiben will – der Sache muss man nachgehen!

Selbstverständlich unternimmst du nichts, um ihre Illu-

sionen zu zerstören. Zumal aus dem Brief eine Blume fällt . . . eine Glockenblume! Bei dem Heiligen Georg und seinem Drachen, der Mörder weiß, dass ihr hier seid, und schickt euch eine Botschaft.
»Mein lieber Herr, ich höre gar keine Todesglocken . . .«
»Vielleicht ist es ja nur eine Warnung. Wir müssen unseren nächsten Schritt genau bedenken.«
Du schaust dir die Glockenblume noch mal an und versuchst, das alles zu verstehen.
*Nimm die **Glockenblume** ins Inventar auf. Weiter bei **54**.*

75

Am nächsten Morgen bereitet ihr euch auf die nächste Fahrt vor, die euch ins Land der Clans führen soll. Aber an der Zimmertür wartet eine Überraschung auf euch. In roter Farbe lautet die Botschaft: HÖRT AUF!
»Der Mörder hätte uns beide umbringen können, aber er hat es nicht getan.« Du denkst laut. »Das bedeutet, dass dieser Fall nichts mit mir und meiner Herkunft zu tun hat. Das ist von Vorteil, denn anscheinend verfehlt er selten sein Ziel. Shivananta, wir fahren sofort ab. Pack die Sachen, in der Zeit sage ich Mrs Pierce, dass wir abreisen.«
*Weiter bei **78**.*

76

Bei deiner Rückkehr in die Pension gibt dir die Wirtin schon wieder einen Brief. Diesmal ist er parfümiert. Ihr Lächeln sagt alles. Der Brief ist von Connie Fraser:

Ich hoffe Sie bald in einer Gegend wieder zu sehen, die noch schottischer ist als Edinburgh. Irgendwo zwischen Aberdeen und Glenloven, in dem bezaubernden kleinen Örtchen Freigh Na'loch.
Herzliche Grüße
Connie

Du kannst ein Lächeln nicht unterdrücken, aber den Brief steckst du schnell weg, als du Shivananta bei dem Versuch ertappst, über deine Schulter hinweg mitzulesen. Der Name Freigh Na'loch taucht in letzter Zeit entschieden zu häufig auf. Ist das Zufall oder birgt der kleine Ort ein dunkles Geheimnis? Das kannst du wohl nur herausfinden, indem du dich dahin begibst, ins Land der Clans.
*Wenn du das Gefühl hast, genug erfahren zu haben, weiter bei **64**. Wenn nicht, fang noch mal an. Zurück zu **54**.*

77

Der chaotische Zustand der Straßen ist eine Qual für deinen Rücken und dein Gesäß. Diese Art mit der Kutsche zu reisen, hinten drauf gepackt wie ein Gepäckstück, ist deine Sache nicht. Shivananta dagegen sieht nicht so aus, als fühle er sich in irgendeiner Art beeinträchtigt. Er vertreibt sich die Zeit, indem er aus dem Fenster schaut und auf Sachen zeigt wie ein kleines Kind oder ein fröhliches zurückgebliebenes Wesen. Er ist weder das eine noch das

andere. Aber er hat den Vorteil überall sitzen zu können, sogar auf einem Nagelbrett. Das ist eine seiner leichtesten Übungen. Deshalb weiß er gar nicht, wovon du sprichst, wenn du dich immer wieder über die Schlaglöcher auf den schottischen Straßen beschwerst.
Weiter bei 83.

78

Es ist gar nicht so einfach, in Schottland zu reisen. Die Straßen sind schlecht. Es gibt kaum Eisenbahnverbindungen und Telegrafenkabel sind praktisch nicht vorhanden. Aber dank deiner schottischen Nationalität und deinem diplomatischen Geschick findet ihr einen Hausierer, der an der Küste entlang nach Norden fährt. Ihr werdet mehrere Tage brauchen, um ans Ziel zu gelangen.
Weiter bei 77. Wenn du das Gefühl hast, mit den Ermittlungen nicht recht voranzukommen, kannst du bei 51 noch einmal anfangen.

79

Friar ist ein sympathischer Typ, aber zu den Akten im Fall Glockenblume kann er nur sehr beschränkt Auskunft geben. Er begnügt sich damit, alle deine Fragen mit »Nein« zu beantworten. Er ist kein schlechter Kerl, aber seine Antworten sind wirklich enervierend und führen zu nichts. Er weiß nicht, ob es im Hinterland ähnliche Fälle gegeben hat, weil dort Personalmangel herrscht. Er würde gerne mehr tun, aber er wüsste nicht, was. In der Zwischenzeit zeigt er dir die drei Mordwaffen, die mit denen identisch sind, die du bereits kennst. Es gibt so viele noch

existierende und bereits ausgestorbene Clans, dass er weder die Herkunft noch die Zugehörigkeit der Wappen auf dem Stichblatt der Sgian Dubh bestimmen kann. – Du gehst in die Pension zurück.
Weiter bei 66.

80

Es ist unerträglich still. Deinetwegen ist dein Freund jetzt vielleicht tot oder in den Händen eines gnadenlosen Mörders.
»Mein lieber Herr, Eure himmlische Stimme des dritten Auges trägt weit, aber die Blitzableiter verhindern eine flüssige Übertragung. Unser Feind ist entkommen. Er ist wie ein Jaguar von einer Terrasse gesprungen und auf einem Heuwagen gelandet. Auch er steht bestimmt unter dem Schutz der Götter. Ich komme jetzt zurück und befreie euch.«
»Warte, mein Freund, und sieh nach, ob du vielleicht etwas findest – ein Indiz oder etwas Ähnliches.«
»Ich werde es versuchen, lieber Herr, aber es ist Nacht.«
Weiter bei 73.

81

Der Mörder rennt vom Markt weg und weiter durch eine Reihe engster Gassen. Du bereitest dich innerlich schon darauf vor, ihn anzugreifen. In einer Kurve gerätst du in eine Gruppe von Menschen. Du suchst dein Ziel mit den Augen, aber es ist nichts zu machen, du kommst nicht weiter. Mitten auf der Straße paradieren etwa fünfzig Highlander und spielen ihre überlieferte Musik auf dem Dudelsack. Jetzt ist er wirklich weg, aber du hast ihm ganz schön zu schaffen gemacht. Beim nächsten Mal klappt es bestimmt.

Du gehst zurück und sammelst Shivananta wieder ein. Weiter bei **72**.

82

Eine ganze Weile später, als die Polizei den Tatort im Griff hat, erläuterst du in kurzen Zügen die Situation. Inspektor Friars nimmt alles in die Hand und lässt dir freie Bahn. Im Büro des seligen Winston MacCool stößt du auf Unterlagen von höchster Bedeutung. Du findest die Namen seiner Kunden und Teilhaber: MacKyle, Kenbar, Hollihan, MacFrach, Cavendish, Bromond, aber auch seine Mitarbeiter werden erwähnt – wie etwa Callandish, sein Vertreter, und Hoyle, sein Anwalt. In letzter Zeit taucht immer wieder ein neuer Name auf: John Urquart, ein Lizenznehmer in einem abgelegenen Kaff, Freigh Na'loch – auch dieser Name sagt dir etwas.

Du kehrst zum Nachdenken in die Pension zurück. Weiter bei ***76***.

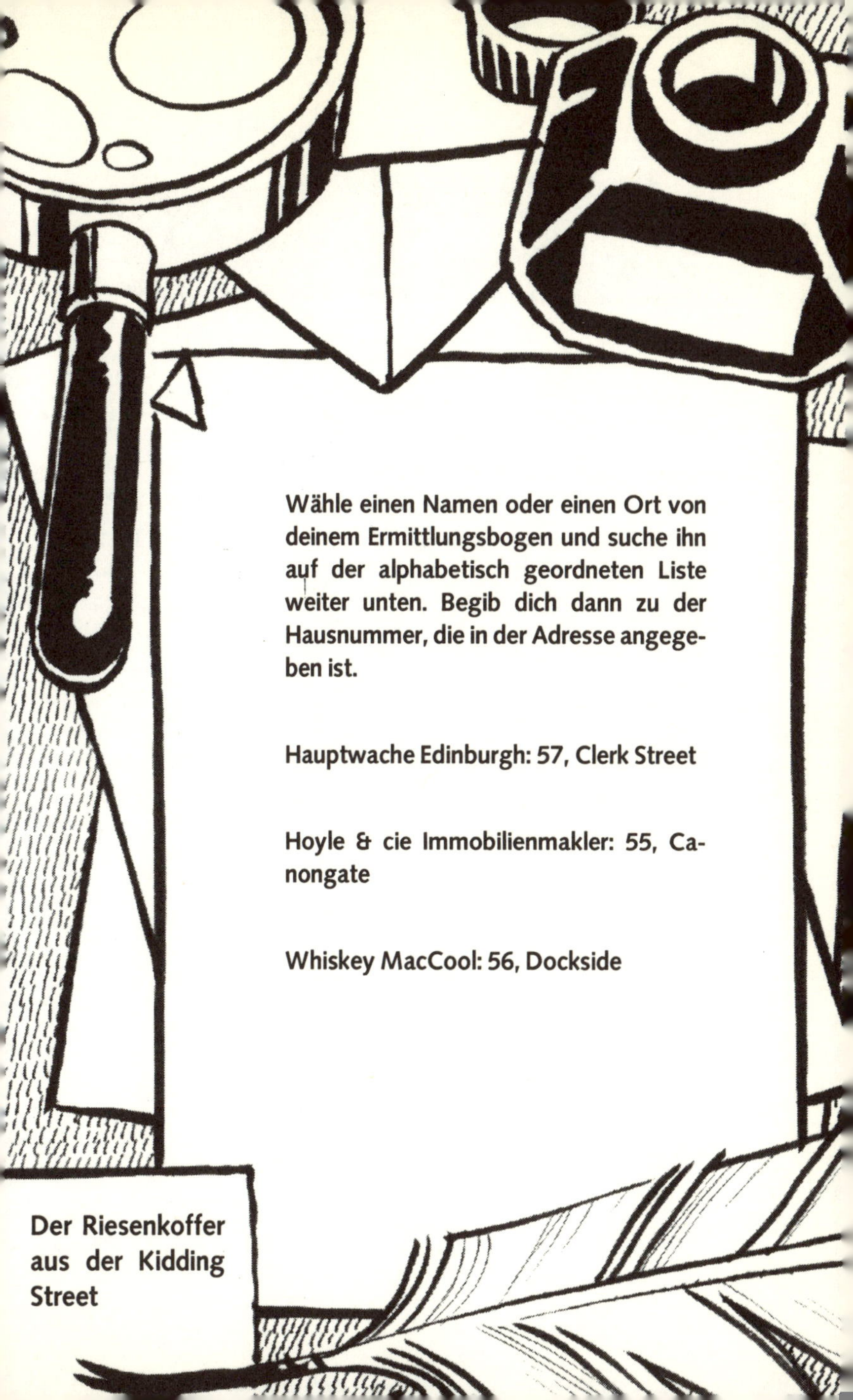

Wähle einen Namen oder einen Ort von deinem Ermittlungsbogen und suche ihn auf der alphabetisch geordneten Liste weiter unten. Begib dich dann zu der Hausnummer, die in der Adresse angegeben ist.

Hauptwache Edinburgh: 57, Clerk Street

Hoyle & cie Immobilienmakler: 55, Canongate

Whiskey MacCool: 56, Dockside

Donnerstag, 4. April 1891

83

Freigh Na'loch: 261 Einwohner und eine einzige Herberge, das William Wallace. Verkrampft steigst du aus der Kutsche. Du denkst nur noch an eins: an ein warmes Bad. Shivananta dagegen scheint die Tortur der Reise nichts ausgemacht zu haben. Heute Abend schläft er wahrscheinlich in der Adlerstellung oder in der Position der Achtundzwanzig Finger der Muttergöttin. Die Häuschen im Dorf stehen sauber in einer Reihe an der einzigen Straße, die durch das Örtchen führt. Die Leute hier reden nicht viel, sie sind zurückhaltend und fest im Aberglauben verwurzelt. Dein Aufenthalt wird sich kaum zu einer angenehmen Landpartie entwickeln.
Weiter bei 85.

84

Du gehst ja ziemlich langsam, trotzdem hast du das Dorf in weniger als einer halben Stunde umrundet. Ab und zu wird diskret eine Gardine gelüftet, hinter der dann ein grobes schottisches Gesicht erscheint, das die Neuankömmlinge begutachtet. Von Interesse sind hier nur die Herberge, die gleichzeitig als Kneipe dient, die Dienststelle des **Konstablers** und der **Friedhof** mit der Kapelle.
Wenn du den Verstorbenen einen Besuch abstattest, weiter bei

*89. Wenn du dem Konstabler des Örtchens die Ehre erweist, weiter bei **90**. Wenn du dir den Rest der Leute lieber in der Kneipe anschaust, weiter bei **91**. Wenn du versuchst dich mit den Dorfbewohnern zu unterhalten, weiter bei **98**.*

85

Die Herberge stammt wohl aus den ersten Anfängen der Zivilisation in dieser wilden Gegend. Durch die groben Fensterscheiben schimmert nur wenig Licht. Innendrin aber zerstreut die Wärme in der Halle all deine Befürchtungen. Hier herrscht eine gedämpfte, beruhigende Atmosphäre. An den wenigen Tischen sitzen ein paar Gäste, andere lehnen an der langen Eichentheke. Sie haben zwar allesamt Galgengesichter, aber sie scheinen dir nicht feindlich gesonnen zu sein. Sie interessieren sich höchstens für deinen indischen Begleiter. Der Wirt mit den vielen Runzeln im Gesicht gibt euch den Zimmerschlüssel und schon seid ihr eingezogen. Leider ist warmes Wasser hier ein ebenso seltener Luxus wie Toiletten.

*Wenn du dich trotzdem ein wenig ausruhen willst, weiter bei **87**. Wenn du den Wirt in ein Gespräch verwickelst, weiter bei **88**. Wenn du dich bei den Gästen beliebt machen willst, weiter bei **91**.*

86

Die Abtei liegt einsam in der Heide. Sie sieht aus wie ein Denkmal der Zivilisation mitten in der Wildnis. Am Eingang zum Kloster kommt dir der Abt entgegen. Im Gegensatz zu den übrigen Einwohnern erschreckt ihn Shivanantas Aussehen nicht. Er war als Missionar in Nordindien. Offensichtlich ist er schwerhörig, jedenfalls musst du ihm dreimal sagen, dass dein Begleiter stumm ist. Inzwischen ringt der Priester sich in einem unverständlichen Dialekt ein paar Sätze ab. Nachdem er deinen Bericht vollständig angehört hat, setzt er aber eine betroffene Miene auf.

*Weiter bei **94**.*

87

Eine Teekanne, schottische Kekse und ein Ledersessel gehören von jeher zu den besten Freunden eines jeden Detektivs. Du nutzt diesen Augenblick der Ruhe, um die Beweisstücke aus dem Archiv-Koffer zu holen und darüber nachzudenken.

Du kannst im Archiv auf S. 127 stöbern und einen Namen oder einen Ort auswählen, der auf deinem Ermittlungsbogen steht.

*Wenn du im Dörfchen spazieren gehen willst, weiter bei **84**.*

*Wenn du sicher bist, dass du alle Spuren verfolgt hast, weiter bei **114**.*

88

»Sie haben aber eine schöne Herberge!«, schmeichelst du dem Wirt hinter der Theke.

»Mein lieber Herr, sagt ihm das mit dem heißen Wasser«, mahnt Shivananta mental.

»Och ja, ich hab'se billig gekriegt. Ist nämlich anscheinend verflucht«, sagt der Wirt so laut, als wäre er auf der Bühne.

Die Stimmung im Raum ist angespannt, während der Wirt weiter seine Gläser spült.

»Mein lieber Herr, etwas . . .«

». . . stimmt hier überhaupt nicht!«, rufst du und sprichst den angefangenen Satz deines Freundes zu Ende.

*Wenn du wieder auf dein Zimmer gehst, weiter bei **87**. Wenn* *du den Wirt noch etwas bearbeitest, weiter bei **93**. Wenn du das Gespräch auf den Aberglauben bringst, weiter bei **95**.*

89

Auf dem Friedhof liegen bestimmt so viele Tote, wie das Dorf Einwohner hat. Eine dunkle Kapelle wacht über die Seelen, die sich in der Heide verloren haben. Menschliche Wesen haben niemals so viel Ruhe und Frieden wie die Toten auf dem Friedhof. Die Inschriften sagen immer mehr über die Toten, als sie selbst es zu Lebzeiten getan hätten. Aber du weißt selbst nicht genau, was du hier suchst: Deine Vergangenheit oder Beweismaterial für die Glockenblumen-Morde.

*Wenn du in der Herberge dein Wissen auf den Punkt bringen möchtest, weiter bei **87**. Wenn du den Totengräber suchst, weiter bei **107**. Wenn du in die Kapelle gehst, weiter bei **100**.*

90

Der Konstabler ist wirklich reizend. Als Schotte reinsten Wassers, der in den Highlands geboren ist und in der Königlichen Garde Ihrer Majestät gedient hat, ist er mächtig beeindruckt von der Anwesenheit einer derart bedeutenden Persönlichkeit in so einem kleinen Dorf. Nun ja, die wenigsten Leute hier aus der Gegend kennen die Erfolge Timothy MacLeans, aber der Konstabler Blayne ist da eine Ausnahme. Er hat ein Faible für alles, was aus Edinburgh oder London kommt. Hinsichtlich der Glockenblumen-Morde kann dir der Konstabler leider nichts Neues mitteilen, es sei denn, du interessierst dich für das geheimnisvolle Verschwinden der drei letzten Wirte des William Wallace. Bei allen dreien die gleiche Geschichte: Eines schönen Morgens war die Herberge leer. Alle drei waren ohne die geringste Spur verschwunden. Ihre Familien und ihre persönlichen Habseligkeiten waren an Ort und Stelle. Sogar aus Edinburgh sind Polizisten gekommen, um diese Fälle zu untersuchen, aber auch sie sind zu keinem Schluss gekommen. Inzwischen denken viele, dass die drei Wirte sich abgesetzt haben. Nicht, dass man sich hier langweilen würde, aber viel machen kann man auch nicht gerade.

Du kannst zu deinen Gedankenspielen zurückkehren, weiter bei 87.

91

»Sollen wir ein bisschen plaudern, Kumpel?«, fragt einer der Gäste in einem schottischen Akzent, den man glatt mit dem Messer schneiden könnte.

Der junge Kerl ist ungeheuer dreckig – dem Geruch nach muss er wohl Shetlands züchten. Er trägt Lumpen, die auf grobe Art aus Ziegenfell oder Bockleder geschneidert sind.

»Du siehst aus wie einer von hier, aber du hast einen Akzent wie ein Engländer«, bohrt der stinkende Schäfer nach.

»Ich bin Schotte, aber ein Waisenkind«, antwortest du stolz. »Ich bin in einem englischen Waisenhaus aufgewachsen.«

»Dann beherzige meinen Rat, junger Schotte aus der Ebene!« Er unterbricht dich und belehrt dich auf arrogante Art und Weise: »Wir halten uns hier streng an die überlieferten Sitten. Und wer sich nicht daran hält, wird von Himmel oder Hölle seiner gerechten Strafe zugeführt . . .«

»Ich glaube nicht an das alberne Gerede alter Schachteln.

Alles auf der Welt kann logisch erklärt werden, man muss nur darauf kommen.«

»Ha, ha!«, erwidert er und schwenkt seinen Schäferstab durch die Luft. »Du glaubst, du weißt es besser als unser Herrgott und seine Diener?«

»Mein lieber Herr, ist dieser Mann ein Schamane oder ein Regenmacher?«, fragt Shivananta. Offensichtlich hat ihn diese improvisierte Predigt beeindruckt.

*Wenn du dich länger mit dem Schäfer befasst, weiter bei **101**. Wenn du das Gespräch beendest, kannst du jetzt zum Wirt gehen, weiter bei **88**.*

92

»Mein lieber Herr!«, schreit Shivananta innerlich. »Seht nur, dieser Name!« Er steht vor einem besonders schlichten Grab. Nur ein Felsblock steht darauf. Auf dem groben Stein steht auf Englisch: HIER RUHT NICHT DER FRASERCLAN. Ein wenig tiefer hat erst kürzlich jemand hinzugefügt: ENGEL ODER TEUFEL, GEBT UNS WAS ZU TRINKEN . . .

»Was hat das alles zu bedeuten, lieber Herr?«

»Keine Ahnung, mein Freund. Aber eins ist sicher: Der Fraserclan beziehungsweise seine letzten Abkömmlinge sind in diese Morde verwickelt.«

*Wenn du beim Totengräber eine Bestätigung deiner Informationen suchst, weiter bei **107**. Wenn du ins Dorf zurückkehrst, weiter bei **87**.*

93

»Glauben Sie wirklich an diesen Fluch?«, fragst du den Wirt.

»Bei Gott! Der heilige Georg ist mein Zeuge, die drei Vorbesitzer sind unter höchst makabren Umständen verschwunden. Aber sie hatten ja auch keinen Tyran.«

Er gibt unter der Theke ein Zeichen. Deshalb muss Shivananta um die Theke herumgehen, um das Hundemonster dahinter zu entdecken. Gott allein weiß, welche Kreuzungen es gebraucht hat, um einen Wachhund dieser Größe zu züchten. Der würde sogar einen Trupp Bobbys in die Flucht schlagen!

*Wenn du die Unterhaltung fortführst, weiter bei **95**. Wenn du den Aberglauben schon kennst, kannst du dich jetzt bei **87** ausruhen.*

94

»Mein Sohn«, erklärt er, »unser Archiv ist bei einem Brand vernichtet worden. Das ist jetzt fünfzig Jahre her. Der Herr hat uns nur sehr wenige Zeugnisse der Vergangenheit erhalten. Die können Sie sich natürlich gerne ansehen.«

Wenig später betretet ihr den Archivsaal. Die Decke ist noch schwarz von Ruß. Um ehrlich zu sein, findest du nichts Interessantes außer einem gewissen Norman MacLean, im Stande eines Edelmanns, der in der Nähe von Aberdeen residierte, bevor er 1832 nach Flandern auswanderte. Aber es ist noch nicht aller Tage Abend. Die Abtei verfügt über eine beeindruckende Sammlung von Dokumenten, die sich mit der Familie des Baron Fraser befassen, der Herr über die Ländereien der Umgebung ist. Du entdeckst, dass um 1863 fast alle Frasers von einer seltsamen Krankheit dahingerafft worden sind. Außerdem erfährst du, dass es einen Familiencairn gibt, ein traditionelles Grabmal in der Nähe der Straße zum Herrenhaus.

*Wenn du zum Grabmal gehst, weiter bei **109**. Wenn du lieber wieder ins Dorf gehst, weiter bei **108**.*

95

»Man sagt, der Erste, der zum Silvesteressen durch die Tür kommt, bringt entweder Glück oder Unglück. Wer dem bösen Blick aus dem Weg gehen will, darf keinen durchlassen, der rote Haare hat oder schielt oder bei dem die Augenbrauen auf der Stirn zusammenwachsen . . .«

*Wenn du alle befragt hast, weiter bei **87**. Wenn nicht, kannst du den Anwohnern noch ein paar Fragen stellen. Weiter bei **91**.*

96

Auf dem Rückweg ins Dorf macht Shivananta Bekanntschaft mit dem Nebel auf dem schottischen Land. Der wabert über die Heide wie eine große Wolke, die nicht zum Himmel aufsteigen kann, weil sie zu schwer ist und deshalb ziellos am Boden hängt. Wieder einmal bekommst du eine Bestätigung für die unermüdliche Wachsamkeit deines extravaganten Begleiters.

»Mein lieber Herr, jemand verfolgt uns.«

»Hier, mitten auf dem Land?«

»Ja, und es ist die gleiche Person, die uns am Schloss in der großen Stadt gefolgt ist und die auch in dem großen Zug war, der so lange fährt.«

*Ihr müsst schnell in die Herberge zurück, denn der Nebel behindert euch sehr, weiter bei **102**.*

97

Eine schottischere Straße als die, auf der du gerade mit Shivananta marschierst, muss erst noch erfunden werden. Straßenschilder gibt es nicht, dafür Kieselsteine in den Wagenspuren, eine Kaninchenfamilie, die – ohne sich um euch zu kümmern – die Straße überquert, einen Kuhhirten mit seinen Viechern.

Wenn du den zwergwüchsigen Kuhhirten ansprichst, weiter bei ***113****. Wenn du abends nach dem Spaziergang ins Dorf zurückkehrst, weiter bei* ***96****.*

98

Wie du schon vorhergesagt hast, sind die Leute hier nicht besonders gesprächig. Du kannst noch so schön »Latha math« (»Guten Tag« auf Gälisch) und »Ciamar a tha thu« (»Wie geht es Ihnen?«) sagen, außer Banalitäten über das Regenwetter in der Gegend bekommst du nichts aus ihnen heraus. Deshalb sind die Menschen hier noch lange nicht fremdenfeindlich. Sie sind einfach Fremden gegenüber sehr zurückhaltend, auch wenn es ihnen so vorkommt, als seist du einer von ihnen.

Du kannst deine Dorfbesichtigung fortsetzen. Weiter bei ***84****.*

99

Es wäre dir bei weitem lieber, du könntest Shivananta von diesem typisch schottischen Saufgelage fern halten. Die letzten Missgeschicke haben deutlich bewiesen, dass dein indischer Freund Alkohol, und sei es auch noch so wenig, nicht verträgt. Jetzt musst du ihn dauernd am Turban festhalten, damit er sich nicht vor lauter Gier einen Riesenschluck einverleibt. Als du ihn gerade zum x-ten Mal aufforderst endlich sitzen zu bleiben, hat ein junges Mädchen, das dich seit dem Beginn dieses Abenteuers unwiderstehlich anzieht, einen bemerkenswerten Auftritt vor all diesen schottischen Riesen. Wie es sich gehört, ist Connie Fraser, die Tochter des Barons, gekommen, um an

dem Bauernfest teilzunehmen. Du vergisst alles und strahlst. Shivananta nutzt seine Chance und schleicht von dir unbemerkt hinter die Theke.
*Weiter bei **112**.*

100

Die Kapelle ist so alt, dass die Steine von dicken Flechten überzogen sind. Der Pfarrer, ein alter barscher Mann, empfängt dich mit misstrauischem Blick. Nachdem du ihm erklärt hast, was dich nach Freigh Na'loch führt, ist er immerhin bereit dich ins Archiv zu lassen. Da entdeckst du aber auch nichts, was du nicht schon wüsstest. Seit der letzten Beisetzung eines Adligen sind fast fünfzig Jahre vergangen. Diese seltsame Entdeckung bringt deine Gehirnzellen in Schwung. Außerdem klingelt bei dir eine unsichtbare Glocke, so wie immer vor geheimnisvollen Entdeckungen deines Yogi-Partners.
*Weiter bei **104**.*

101

»Sie geben ja ganz schön an, Herr Schäfer«, sagst du lässig, »aber wissen Sie auch, wer ich bin?«
Schon wieder sind alle still. Diesmal ist der Schäfer verunsichert. Er mustert dich drohend und du spürst: Er weiß mehr, als er sagen will. Auf so eine Reaktion hattest du gar nicht zu hoffen gewagt. Der Mann verlässt auf der Stelle den Saal und hinterlässt nur den scheußlichen Gestank nach Schafen und Mundgeruch. Du wechselst einen verschwörerischen Blick mit Shivananta, dann macht ihr euch an seine Verfolgung. Aber draußen ist von dem widerlichen Schäfer nichts mehr zu sehen,

noch nicht einmal eine Spur, mit der ein Jagdhund etwas hätte anfangen können. Der Mann hat sich in dem feinen Nebel aufgelöst.

Wenn du zurückgehst, um mit dem Wirt zu plaudern, weiter bei 88. Wenn du lieber deinen Riesenkoffer auspackst, weiter bei 87.

102

Das Dorf ist hell erleuchtet von Lichtern, die sich in der nebligen Nacht des schottischen Hochlands verlieren. Die Luft ist schwer von Salz und es wird schnell kalt. Heute Abend findet im William Wallace ein großes Fest statt. Viele Neuankömmlinge haben sich hier versammelt, um irgendein großes Ereignis zu feiern. Eine Gruppe von Schotten hat sich gar in Gala geworfen – vom Kilt über Tartan, Mütze, Ziertüchlein bis zum Sgian Dubh im Strumpf. Der Wirt hat aus diesem Anlass mehrere junge Leute aus dem Dorf eingestellt. Sie sollen bei der Versorgung der Gäste mit braunem Bier helfen, während zwei junge Mädchen warme Gerichte servieren. Obwohl du dich in der Kultur des Landes gut auskennst, weißt du nicht, was heute hier gefeiert wird.

»Wir feiern die Erfindung des Biers«, bekennt ein rotgesichtiger großer Kerl. »Jedes Dorf feiert sein eigenes Fest. Wir feiern die Erfindung des besten Getränks, das der Himmel den Menschen zu bieten hat.«

*Wenn du dich länger mit diesem Thema beschäftigen willst, weiter bei **110**. Wenn du zusiehst, wie die Leute sich amüsieren, weiter bei **99**.*

103

Du siehst zu, wie sie in ihrer ehemals eleganten Kutsche abfährt. Was für ein Glück ausgerechnet jetzt nach Schottland zu kommen und dann auch noch genau hierhin. Am Boden fällt dir ein kleines besticktes Taschentuch ins Auge, das sie aus Versehen verloren haben muss. Als du es aufhebst, weil du ihr Parfum schnuppern möchtest, bist du wie vor den Kopf geschlagen: Auf dem gezackten Rand prangt das Wappen des Fraserclans, die Glockenblume.

*Du musst schnellstmöglich Shivananta wieder finden. Weiter bei **111**.*

104

»Mein lieber Herr, seht mal!«

Starr wie eine Wachsfigur steht Shivananta bei den Kerzen. Auf einer Steinplatte, die den Baronen der Umgebung geweiht ist, liegen dreizehn Bänder aus Schottenstoff in einer perfekten Reihe. Auf jedem Band liegt eine verwelkte Glockenblume, nur bei zweien fehlt sie noch. Die Rechnung geht auf: dreizehn Bänder, dreizehn Opfer.

*Es wird Zeit, deinen nächsten Schritt vorzubereiten, der entscheidend sein wird. Weiter bei **106**.*

105

Auf einer Lichtung findest du die Hütte und den Schafstall, so wie der kleine Highlander es dir beschrieben hat. Alles scheint ruhig zu sein. Die Shetlands drängen sich auf der Weide aneinander, damit ihnen wärmer wird, und aus dem kleinen Schornstein des baufälligen Häuschens steigt eine dünne weiße Rauchfahne auf.

Wenn du es auf eine Unterredung mit dem alten Schäfer an-

*legst, weiter bei **115**. Wenn du lieber nichts erfahren willst, weiter bei **108**.*

106

Dein Verdacht verstärkt sich. An einem der Familiengrabsteine wachsen in Massen wundervoll üppige Glockenblumen. Es muss eine Verbindung geben zwischen dieser Familie und den Glockenblumen-Morden. Auch Shivananta verhält sich recht merkwürdig. Er hockt vor dem Beet mit Glockenblumen wie ein Jagdhund vor dem Wild. Man könnte meinen, gleich würde er drauflos springen.

»Mein lieber Herr, seht doch, wie gepflegt dieses Beet ist. Seht nur! Mehrere Blüten wurden abgeschnitten und umwickelt.«

»Was soll das heißen?«

Du untersuchst das Beet ganz genau. Dreizehn Stiele wurden gekappt und mit einer Angelschnur umwickelt, damit keine neuen Triebe kommen. Diesmal hast du es mit einem äußerst pingeligen Mörder zu tun – oder mit einem gefährlichen Irren!

»Vielleicht beides, lieber Herr«, ergänzt Shivananta, der mal wieder deine Gedanken gelesen hat.

*Wenn du dir den Grabstein näher ansiehst, weiter bei **92**. Du kannst dir auch Zeit zum Nachdenken gönnen, weiter bei **87**. Wenn du mit dem Totengräber sprechen willst, weiter bei **107**.*

107

Jeremy, der Totengräber, ist ein bisschen zurückgeblieben. Er wohnt ganz allein in einer Hütte am Rand des Friedhofs. Wenn jemand gestorben ist, hebt er im Auftrag des Pfarrers ein Grab aus und haut einen Grabstein zurecht, wenn die Familien sich nicht selbst darum küm-

mern. Sein Vokabular beschränkt sich auf Lautmalerei und zwei, drei unverständliche Worte. Aber du hast mal wieder nicht mit den unzähligen Talenten deines indischen Begleiters gerechnet. Shivananta erwärmt sich anscheinend für diesen untersetzten Kerl mit der niedrigen Stirn und drängt ihm ein Gespräch auf. Du verstehst kein Sterbenswörtchen. Der Dummkopf grunzt von Zeit zu Zeit und Shivananta antwortet im Dialekt der Himalaja-Hochebene.

»Mein lieber Herr, dieser Mann ist ein Brunnen der Weisheit. Er kennt alle, die hier begraben sind. Und ihre Familiengeschichte.«

»Gibt es MacLeans?«

»Leider nicht, lieber Herr, aber er sagt, dass nachts oft ein schwarz gekleideter Mann kommt.«

»Was heißt denn oft?«

»Genau dreizehnmal bisher, lieber Herr.«

*Entweder führst du deine Ermittlungen in der Kapelle fort, weiter bei **100**, oder du gehst ins Dorf zurück, weiter bei **87**.*

108

Auf dem Rückweg ins Dorf fügst du die einzelnen Puzzleteilchen zusammen. Es handelt sich hier um einen finsteren Rachefeldzug, so viel steht fest. Die wichtigsten Teilchen fehlen dir aber noch.

*Wenn du zum Nachdenken einen Moment innehältst, weiter bei **87**. Wenn du dir das Dorf anschaust, weiter bei **84**.*

109

Nachdem ihr schon ein ganzes Stück auf dem Weg zum Herrenhaus Killcorn marschiert seid, dem Sitz der Baronie Fraser, erreicht ihr einen kleinen Steinhaufen. Auf dem Gipfel des Grabmals thront ein Stein in Form einer Glockenblume. Einige Minuten lang seid ihr völlig verdattert. Als guter Schotte weißt du natürlich, dass die Clans sich nicht durch bestimmte Motive oder Farben auf ihren Schottenstoffen unterscheiden, sondern einzig und allein durch den Zusatz einer Blume, eines Zweiges oder eines anderen Unterscheidungsmerkmals auf ihren Mützen. Die Glockenblume ist das Zeichen der Frasers. Das bedeutet, dass Connie zur Familie des Mörders gehört. Diese Neuigkeit stürzt dich in tiefe Verzweiflung. Da gibt's nur eins: Du musst ihr im Herrenhaus Killcorn einen Höflichkeitsbesuch abstatten.

*Du bereitest dich auf deinen Besuch im Schloss der Frasers vor, weiter bei **114**. Wenn du vorher lieber noch einmal ins Dorf zurückgehst, weiter bei **87**. Wenn du über die schottischen Straßen wandern willst, weiter bei **97**.*

110

»Laut Legende«, so fährt der fröhliche Schotte fort, »haben die Christen uns den Whiskey gegeben, im Austausch gegen das Rezept zum Bierbrauen. Seit langer Zeit sind dies unsere Nationalgetränke. Erst unter den englischen Steuergesetzen des 18. Jahrhunderts gab es einige Unannehmlichkeiten, aber die Sassenachs haben schnell kapiert, dass daraufhin die geheim gehaltenen Destillierapparate aus

dem Boden schossen wie Champignons. Und jetzt was zu trinken . . .«
Weiter bei 99.

111

Eine Lektion war nicht genug. Trotz deiner wiederholten Warnungen findest du Shivananta auf der Wiese hinter der Herberge. Oh ja, er hat versucht bei einer Art Volkssport mitzumachen, dem Baumstammwerfen. Jetzt zappelt er wie ein Aal unter dem etwa sechs Meter langen Stamm einer Fichte. Ein paar fröhliche Burschen klopfen sich vor Lachen auf die Schenkel, dann helfen sie ihm wieder heraus. Diese Erfahrung hat ihn so ernüchtert, dass er sich mental bei dir beschwert.
»Mein lieber Herr«, rülpst er in dein Gehirn, »ich dachte, sie machen Spaß. Kein Mensch kommt auf die Idee, wirklich mit Baumstämmen um sich zu werfen!«
»Die Schotten schon. Komm, wir machen uns fertig für einen Besuch im Herrenhaus Killcorn, dem Familiensitz von Baron Fraser.«
Weiter bei 87.

112

Nachdem alle sie angemessen begrüßt haben, setzt sich Connie für einen Moment zu dir. Sie ist zwar gekleidet wie ein junges Mädchen aus guter Familie, aber die Leute behandeln sie wie die Königinmutter in Person.
»Teurer Freund«, sagt sie mit ihrer melodischen Stimme, »ich wusste, dass Sie kommen würden. Ich möchte Sie hiermit ganz offiziell einladen meine Familie im Herrenhaus Killcorn kennen zu lernen.«

»Ich komme sehr gern, meine Teure.«
Etwa eine halbe Stunde lang verbringt ihr eure Zeit damit, euch in die Augen zu sehen und die Leute aus der Umgebung zu begrüßen, mal auf Gälisch, mal auf Schottisch, dann wieder auf Englisch. Du hast Shivananta völlig vergessen, der wahrscheinlich wieder Dummheiten macht. Dann will Connie sich verabschieden. Du begleitest sie zu ihrer bescheidenen Kutsche.
*Weiter bei **103**.*

113

Der Kuhhirte ist gar nicht zwergwüchsig, sondern ein kleiner rothaariger grindiger Junge, der mit einem Messer bewaffnet ist, das zwar genauso klein ist wie er, aber mindestens ebenso gefährlich. Du beruhigst den Bengel, den Shivanantas abenteuerliches Aussehen erschreckt hat, und stellst ihm harmlose Fragen zu der Landschaft ringsum. Jede gewonnene Sekunde erlaubt dir eine ausführlichere Betrachtung des Dolches. Der hat verblüffende Ähnlichkeit mit den Mordwaffen. Der Junge macht nicht den Eindruck, als würde er ihn dir einfach so geben.
»Junger Highlander, wer hat dir denn diesen Dolch gegeben?«
»Der Baron! Der Baron hat mir den gegeben, damit ich mich gegen die Spriggans verteidigen kann, die bösen Waldgeister.«
»Hat denn noch jemand so einen Dolch?«
»Ja, der alte Schäfer! Er gehört zur Familie des Barons!«
Du hast schnell heraus, dass der alte Schäfer nur ein paar Meilen entfernt wohnt, in der Nähe des Grabmals der Fraser.

*Wenn du den Schäfer besuchst, weiter bei **105**. Wenn du lieber heimgehst, weiter bei **102**.*

114

Alles steht bereit. Shivananta nimmt nur das Allernotwendigste mit. Du hast dich in deinen eigenen Schottenstoff gekleidet. Wer weiß, was dich beim Baron erwartet? Es wird eine heikle Angelegenheit, denn schließlich weißt du immer noch nicht, wer der Mörder ist. Außerdem musst du Connie um jeden Preis aus der ganzen Sache heraushalten, vielleicht auch ihren armen Vater.

»Mein lieber Herr«, murmelt deine linke Gehirnhälfte, »nur die transzendentale Weisheit könnte Euch eine Antwort auf dieses grausame Dilemma zwischen Vater und Tochter geben.«

Du musst wirklich eines Tages ein Mittel finden, um deinen Geist undurchdringlich zu machen, sodass dieser Kräuteryogi nicht ständig darin liest wie in einem offenen Buch.

*Weiter bei **116**. Wenn du mit den Ermittlungen nicht von der Stelle kommst, zurück zu **83**.*

115

In dem Moment, in dem du anklopfen willst, geht quietschend die Tür auf. Ihr schaut euch erstaunt an, aber so langsam kann euch nichts mehr überraschen. Ihr tretet ins Innere der dunklen strohgedeckten Hütte.

»Ich wusste, dass du kommen würdest, junger MacLean. Dein Ruf ist dir vorausgeeilt«, erklärt der alte, eklig stinkende Schäfer mit rauer Stimme.

»Wer sind Sie und woher wissen Sie, wer ich bin?«

»Ich bin ein Kind der Liebe des alten Baron Fraser und ich weiß, wer du bist, weil du einem deiner Onkel gleichst, den ich gut gekannt habe. Er hat ein paar Jahre hier gelebt und ist dann fortgegangen. Er hat mir nichts von seinem Bruder erzählt. Ich kenne noch nicht einmal seinen Vornamen. Aber dein Onkel heißt Ben, Ben MacLean, und ich glaube, er lebt noch, irgendwo im Norden. Das ist schon lange her, das war lange vor deiner Geburt. Danach habe ich ihn nur noch einmal wieder gesehen. Er kam hier vorbei, wollte auf die Orkneys. Ich habe ihn nie wieder gesehen.«

»Vielen Dank, Sir«, sagst du und unterdrückst mühsam ein Schluchzen.

Ihr unterhaltet euch noch ein bisschen über deinen Onkel Ben, dann verabschiedest du dich von dem Alten. Er stinkt zwar, aber er hat ein gutes Herz. Du hast einen Onkel, so viel weißt du jetzt. Das ist der Beginn einer Familie.

*Zurück zu **102**.*

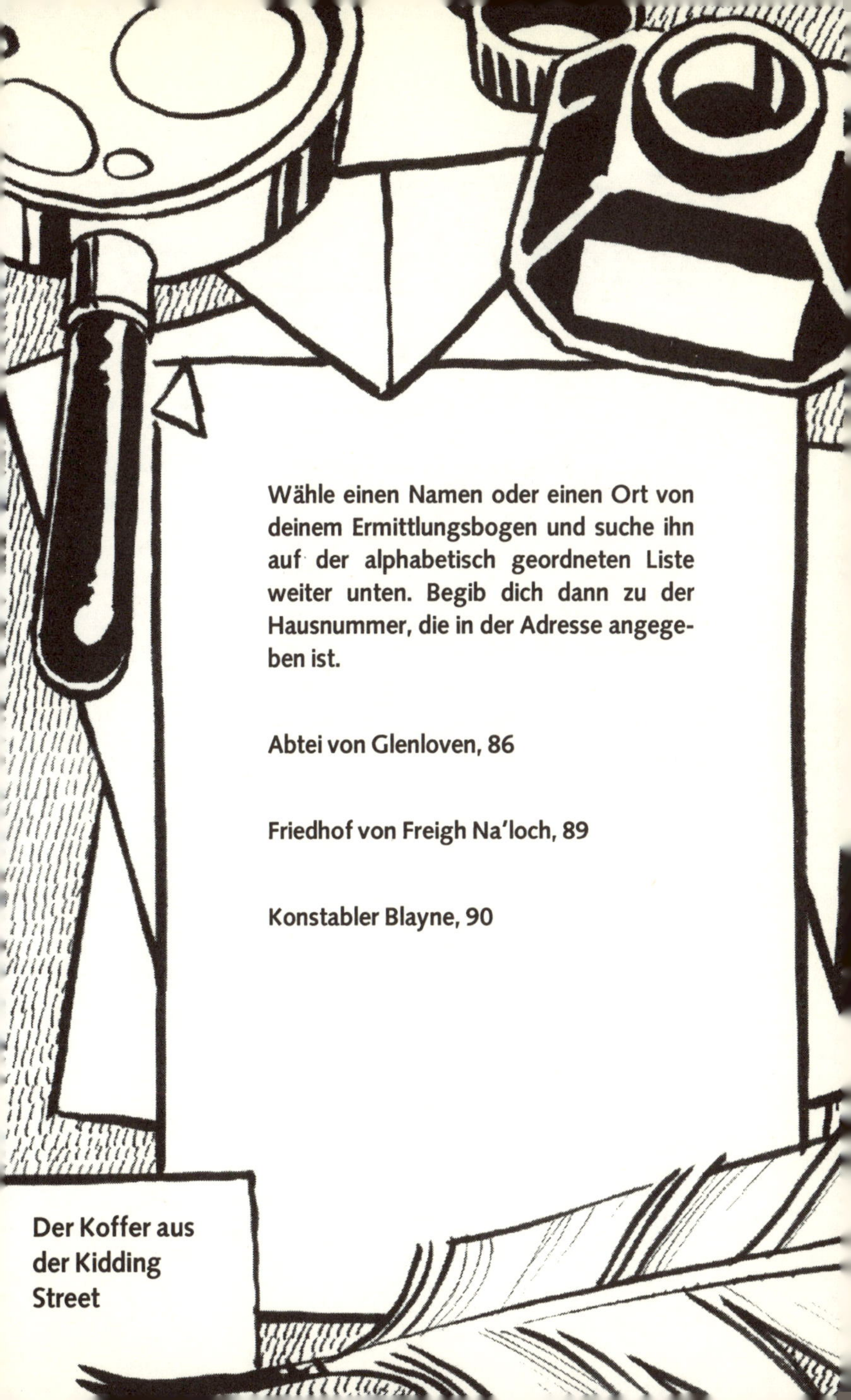

Wähle einen Namen oder einen Ort von deinem Ermittlungsbogen und suche ihn auf der alphabetisch geordneten Liste weiter unten. Begib dich dann zu der Hausnummer, die in der Adresse angegeben ist.

Abtei von Glenloven, 86

Friedhof von Freigh Na'loch, 89

Konstabler Blayne, 90

Freitag, 5. April 1891

116

Was würdest du nicht alles tun, um sie wieder zu sehen! Du hältst ihr lieblich duftendes Taschentuch an die Nase.

»Wen wieder zu sehen, lieber Herr?«, fragt Shivananta.

Schon wieder spukt er in deinem Kopf herum.

»Mensch, kannst du einem auf den Wecker gehen mit deiner ewigen Fragerei!«

»Aber warum haltet Ihr Euch das Taschentuch an die Nase, lieber Herr? Seid Ihr erkältet?«

»Natürlich nicht! Weißt du, mein Freund, mit der Liebe ist das so. Äh . . . hm . . . das . . . Ach, ich mag deine blöden Fragen nicht mehr hören!«

Shivananta hält plötzlich den Mund.

»Ich sag's dir besser gleich, mein Freund, wir müssen vor Einbruch der Dunkelheit noch ein paar Kilometer laufen.«

»Vor Einbruch der Dunkelheit, lieber Herr?«

»Aber ja, mein Freund, vor Einbruch der Dunkelheit, weil es in diesem Land von hungrigen Wölfen nur so wimmelt.«

»Wölfe? Was ist das denn?«

»Jetzt erzähl mir nicht, dass du nicht weißt, was ein Wolf ist.«

»Ich habe noch nie einen gesehen, lieber Herr.«

Sinnlos, darauf herumzureiten. Dein Diener ist eben ein

armer dummer Inder, der keine Ahnung von den Gefahren hat, die hier auf ihn lauern.
»Und, habt Ihr schon mal gesehen, wie ein Elefant angreift oder wie eine Kobra ihr Gift verspritzt, lieber Herr?«
»Du, du hast schon wieder meine Gedanken gelesen. Ich werde dir gebührend antworten, wenn wir angekommen sind.«
Shivananta lässt sich von so einer Ausrede nicht an der Nase herumführen. Er weiß ganz genau, dass du noch nie einen Elefanten gesehen hast. Du gehst schnell weiter. Auf einmal fängt dein Diener an zu stöhnen und hält sich mit beiden Händen die Ohren zu. Er fällt auf die Knie und wälzt sich über die Erde. Erschrocken eilst du ihm zu Hilfe.
»Die Glocken, lieber Herr! Die Glocken!«
Du siehst dich um – was könnte deinen Diener denn so quälen? Ringsum ist nichts zu sehen. Dein Diener wälzt sich weiter im saftigen Gras der Heide. Plötzlich siehst du, welche Blumen um euch herum üppig in Blüte stehen. Glockenblumen! Shivananta wird immer noch von Zuckungen geschüttelt. Er muss unbedingt hier weg.
*Wenn du deinen Diener forttrögst, weiter bei **123**. Wenn du versuchst die Glockenblumen zu zerstören, weiter bei **130**.*

117

Du folgst dem Butler, der immer noch zittert, durch einen Innenhof. Shivananta, der noch nie in einem Schloss war, sieht inmitten der alten Steine ganz verloren aus. Seine widersprüchlichen Gedankengänge kommen nach und nach in deinem Gehirn an.
»Hier ist schon viel passiert, lieber Herr. Fast an jeder Stelle hier ist Blut geflossen.«

Ihr geht durch ein Portal in einen weitläufigen, schmucklosen Salon.
Weiter bei 124.

118

»Vater!«, schreit Connie.
Der hünenhafte Mann sieht dich an. Der Ausdruck auf seinem Affengesicht lässt dir das Blut in den Adern gefrieren. Seine Augen, in denen der Wahnsinn zu schimmern scheint, sind dunkel umrändert. Nichts an ihm erinnert an die Unschuld und Schönheit seiner Tochter. Du wagst nicht, dich zu bewegen.
»Vater, darf ich dir meinen Freund, Mr MacLean, vorstellen.«
»Ich freue mich sehr Sie kennen zu lernen, Mr MacLean«, sagt der Baron mit ausdrucksloser Stimme. Er kommt auf dich zu und schüttelt dir die Hand. Du willst dich verbeugen, aber er legt dir eine Hand auf den Arm.
»Ich bitte Sie«, sagt er. »Keine steife Förmlichkeit. Meine Tochter hat mir schon viel von Ihnen erzählt und das genügt. In unserem Land will es die Tradition, dass wir Gästen, die abends lang bleiben, Unterkunft und Verpflegung anbieten. Aber das wissen Sie ja selbst, schließlich sind Sie ja Schotte. Ich bitte Sie, essen Sie heute Abend mit uns. Jacques wird Ihnen Ihr Zimmer zeigen.«
»Ich nehme Ihre Einladung mit Freuden an, Baron!« Du versuchst zu verbergen, wie unwohl du dich in Gegenwart dieses Mannes fühlst.
Connie freut sich, dass ihr Vater dich eingeladen hat, und küsst ihn auf die Wange. Du ziehst dich auf dein Zimmer

zurück, um dich bis zum Abendessen auszuruhen. Der Baron befiehlt Jacques, dich dorthin zu geleiten.
Weiter bei 132.

119

Was für eine Schinderei, die verdammten Treppen wieder hochzusteigen! Beim Betreten des Zimmers siehst du Shivananta in voller Montur auf dem Bett liegen. Sein Schnarchen ließe einen Vulkan vor Neid erblassen. Du gehst zu ihm und hebst die Lider hoch, kontrollierst seinen Herzschlag und fühlst den Puls. Er ist blau wie ein Veilchen! Du wirst auf seine Dienste verzichten müssen. Jetzt setzt du dich auf den Bettrand und schaust auf die Uhr: gleich Mitternacht.
Obwohl du dich im fortgeschrittenen Zustand der Trunkenheit befindest, bist du weiterhin entschlossen zur Tat zu schreiten, wenn alle anderen schlafen. Leider hat der Alkohol viele deiner Sinne betäubt. Wenn der Baron wirklich der Mörder ist, wusste er genau, was er tat, als er dich zwang, dich der Tradition seines Clans zu beugen. Du hörst, wie der Baron und seine Tochter im Flur noch kurz etwas besprechen, dann werden die Türen zu ihren Zimmern geschlossen. So, die sind im Bett! Die Minuten vergehen. Das Warten wird unerträglich. Aus Angst, im Liegen einzuschlafen, tigerst du durch das Zimmer und schaust ab und zu auf die Uhr. Gleich ist es ein Uhr. Schwankend stehst du auf und legst das Ohr an die Tür. Von draußen ist nichts zu hören. Du öffnest behutsam die Tür und wagst dich in den Flur.
Wenn du dich vergewissern willst, dass deine Gastgeber schla-

*fen, weiter bei **126** für den Baron und bei **133** für seine Tochter. Wenn du lieber direkt ins Erdgeschoss hinabgehst, weiter bei **139**.*

120

Du durchquerst den Salon und verlässt ihn durch eine Geheimtür. Sie führt in den Innenhof der Burg.

*Weiter bei **134**.*

121

Nach zehn Sekunden ist alles vorbei. Der orientalischen Tradition gemäß wird Shivananta plötzlich stocksteif und kracht wie ein gefällter Baum zu Boden. Ungeachtet seines Alters hat Jacques keine Mühe deinen kleinen Diener an den Füßen fortzuziehen und in euer Zimmer zu bringen. Er hätte ihn genauso gut im Schuppen unterbringen können.

*Wenn du noch nicht getrunken hast, bist du jetzt dran! Weiter bei **150**. Sonst weiter bei **135**.*

122

Du schaust dich nicht mehr um. Instinktiv springst du jedes Mal hoch, wenn du einen Sgian Dubh hinter dir sirren hörst. Du kommst ans Portal, aber der Baron macht keine halben Sachen: Es ist verbarrikadiert. Drei Dolche bohren sich in deinen Hemdsärmel und nageln dich an die Holzvertäfelung. Du zerreißt den Stoff und rennst zu den Schutzwällen.

Draußen tobt der Sturm. Sintflutartiger Regen ergießt sich über dich und die großen Tropfen wetteifern mit den Dolchen. Pudelnass schlitterst du zum Turm. Dort ist es jetzt auch nicht mehr so romantisch. Beim Erklimmen der wurmzerfressenen Stufen geben mehrere Dielen nach und zehn Zentimeter Stahl dringen neben deinem Arm in die Ziegel ein.

»Du entkommst mir nicht, junger MacLean!«

In diesem Augenblick schlägt der Blitz in den Turm ein. Eine gewaltige Explosion verwandelt das Bauwerk in einen Schutthaufen, der bei seinem Erdrutsch alles andere mit sich reißt, auch dich und den Baron.

Du kannst dich mühsam aus den Trümmern befreien, aber dein Bein tut verflucht weh. Ein Schatten beugt sich über dich. Der Baron ist über dir, sein Gesicht ist blutverschmiert. Du bist unter einem riesigen Balken eingezwängt. Das ist das Ende!

»Ich bin ein Highlander!«, schreit der Baron. »Sogar der Blitz ist mein Verbündeter! Die entfesselten Elemente heißen meine Rache gerecht!«

»Baron Fraser, was Sie sagen, stimmt hinten und vorne nicht. Sie haben keinerlei logischen Beweis. Baron, Sie sind geistesgestört . . .«

Als er seinen rächenden Arm hebt, schließt du die Augen. Der Donner grollt und – zang! Der Blitz schlägt ein zweites Mal ein – und er liebt Stahl.

Weiter bei 152.

123

Du hievst dir deinen Diener auf den Rücken. Gut, dass der Junge leicht ist wie eine Feder! Du läufst so schnell du kannst vor den Glockenblumen davon, aber sie sind überall. Du rennst ohne Weg und Ziel. Shivanantas Arme zucken weiterhin. Er drückt dir den Hals zu, als wollte er dich erwürgen. Außerdem tritt er dir ständig in die Seiten. Was hält dich eigentlich davon ab, ihn umzubringen? Der Waldrand verspricht Rettung. Du hältst an und lässt Shivananta am Fuß einer Eiche ins weiche Moos sinken. Er hört sofort auf zu zittern. Du schöpfst Atem und lässt ihn nicht aus den Augen. Schließlich kommt er wieder zu sich.

»Wo sind wir, lieber Herr?«

»Ich bin im Wald. Du schwebst irgendwo zwischen Traum und Wirklichkeit.«

*Weiter bei **136**.*

124

Connie lehnt an einem riesigen Kamin – sie ist bezaubernd wie immer. Sie eilt euch sofort entgegen. Es sieht fast so aus, als wollte sie sich dir in die Arme werfen. Aber so weit kommt es leider doch nicht! Sie bremst ihren Eifer. Ein strahlendes Lächeln erhellt ihr Gesicht. Du stehst noch immer ganz im Bann ihrer Schönheit und küsst ihr schüchtern die Hand.

»Mr MacLean«, sagt sie. »Ihr Besuch freut mich sehr. Sie können sich gar nicht vorstellen, wie ich mich hier langweile, an diesem finsteren, gottverlassenen Ort.«

»Miss Connie«, sagst du pathetisch, »im Licht Ihrer Schönheit erscheint mir diese Ruine wie ein Palast!«

»Ihr redet Unsinn, lieber Herr.«

Du verpasst Shivananta unauffällig einen Tritt vors Schienbein, damit er endlich kapiert, dass er sich nicht immer in eure Unterhaltung einmischen soll.

»Wie ich sehe, haben Sie Mr Shivananta mitgebracht.«

»Er kann nicht anders. Er folgt mir wie ein kleiner Hund.«

»Mein lieber Herr, jetzt übertreibt Ihr aber! Die hübsche Dame verdreht Euch den Kopf!«

»Hihi! Mr MacLean!« Das junge Mädchen lacht aus vollem Hals. »Mr Shivananta sieht aber gar nicht aus wie ein Hund!«

»Das sagen Sie nur, weil Sie ihn noch nicht auf allen vieren gesehen haben.«

Connie lacht fröhlich. Du schmilzt dahin! Dein Diener findet das Ganze überhaupt nicht witzig. Er schmollt in einer Ecke.

»Jetzt vergesse ich schon meine Pflichten als Gastgeberin. Mein Vater ist ins Dorf gegangen. Er freut sich bestimmt Sie kennen zu lernen. Jacques wird uns den Tee servieren, es sei denn, Sie wollen vorher das Schloss besichtigen.«

*Wenn du Tee trinken willst, weiter bei **131**. Wenn du das Schloss besichtigen willst, weiter bei **137**.*

125

Der hünenhafte Mann sieht dich an. Der Ausdruck auf seinem Affengesicht lässt dir das Blut in den Adern gefrieren. Seine Augen, in denen der Wahnsinn zu schimmern scheint, sind dunkel umrändert. Nichts an ihm erinnert an

die Unschuld und Schönheit seiner Tochter. Du wagst nicht, dich zu bewegen.
»Vater, darf ich dir meinen Freund, Mr MacLean, vorstellen.«
»Ich freue mich sehr, Sie kennen zu lernen, Mr MacLean«, sagt der Baron mit ausdrucksloser Stimme. »Wie ich sehe, interessieren Sie sich für meine Sammlung von Sgian Dubh. All diese Dolche haben einmal einem Mitglied des Fraserclans gehört.«
»Mir scheint, es fehlen welche.«
»Da haben Sie Recht. Dreizehn, um genau zu sein. Ein Diener hat sie mir gestohlen. Ich habe ihn noch vor Connies Ankunft gefeuert. Aber sprechen wir nicht mehr von diesem Vorfall. Ich ärgere mich jedes Mal, wenn ich davon anfange. Meine Tochter hat oft von Ihnen gesprochen. Und in unserem Land will es die Tradition, dass wir Gästen, die abends lang bleiben, Unterkunft und Verpflegung anbieten. Aber das wissen Sie ja selbst, schließlich sind Sie ja Schotte. Ich bitte Sie, essen Sie heute Abend mit uns. Jacques wird Ihnen Ihr Zimmer zeigen.«
»Ich nehme Ihre Einladung mit Freuden an, Baron!« Du versuchst zu verbergen, wie unwohl du dich in Gegenwart dieses Mannes fühlst.
Connie freut sich, dass ihr Vater dich eingeladen hat, und küsst ihn auf die Wange. Du ziehst dich auf dein Zimmer zurück, um dich bis zum Abendessen auszuruhen. Der Baron befiehlt Jacques, dich dorthin zu geleiten.
Weiter bei 132.

126

Die Zimmertür des Barons ist nicht verriegelt. Du drehst vorsichtig am Türknauf und schiebst langsam die Tür auf. Sie quietscht. Die Türangeln sind bestimmt jahrelang nicht mehr geölt worden. Du bleibst sofort stehen, um den Baron ja nicht zu wecken. Dann schaust du durch den schmalen Türspalt. Zu deiner großen Überraschung ist das Bett des Barons nicht zerwühlt. Er selbst ist auch nicht da. Das gefällt dir nicht besonders. Du machst die Tür leise wieder zu und fährst in deinen Ermittlungen fort.

*Wenn du dich vergewissern willst, dass Connie in ihrem Zimmer ist, weiter bei **133**. Wenn du ins Erdgeschoss hinuntergehst, weiter bei **139**.*

127

Du gehst durch den Speisesaal. Ein dicker Schlüsselbund liegt auf dem Tisch. Du nimmst ihn an dich und gehst wieder hinaus in den Innenhof der Burg.

*Nimm den **Schlüsselbund** ins Inventar auf.* *Weiter bei **134**.*

128

Das Gewicht deiner Claymore zieht dich runter und du fällst hin. Ein weiterer Dolch fliegt zwei Zentimeter an deiner Wange vorbei. Beim nächsten Blitz stehst du wieder auf. Sofort rennst du die Treppe hinauf.

*Wenn du den **Sgian Dubh** besitzt, weiter bei **147**. Sonst kannst du dein letztes Gebet aufsagen. Weiter bei **122**.*

129

Das Abendessen kann nicht beginnen, bevor nicht alle ihr Horn geleert haben.

*Weiter bei **121**.*

130

Du trampelst wild auf den Glockenblumen herum. Plötzlich summt die Stimme deines Dieners in einer Ecke deines Gehirns.

»Danke, lieber Herr! Es ist Euch gelungen, die telepathische Verbindung mit den Glockenblumen zu unterbrechen.«

»Mein lieber Freund, würdest du mir bitte erklären, was dieses Kauderwelsch zu bedeuten haben soll?«

»Die Glocken haben mir tausendfache Warnungen übermittelt. Wir müssen umkehren.«

»Kommt überhaupt nicht Frage. Ich kehre nicht um, bevor ich Miss Connie getroffen habe.«

»Aber lieber Herr! Die Gefahr kommt von da unten!«

Er bittet dich ruhig zu sein und zeigt dir ein Schloss, das sich in der Landschaft gegen den Horizont abzeichnet.

»Genau da wohnt Miss Connie«, erklärst du ihm.
Du ziehst das Taschentuch des jungen Mädchens aus der Tasche und hältst es deinem Diener unter die Nase.
»Siehst du das Wappen, mein Freund? Die sich kreuzenden Dolche? Darf ich dich daran erinnern, dass ich in einer Reihe von Mordfällen ermittle? Ich glaube nicht, dass Miss Connie etwas damit zu tun hat. Zumindest hoffe ich das aus tiefstem Herzen. Aber das ist unsere letzte heiße Spur. Ich kann jetzt nicht aufgeben!«
»Sagt später nicht, ich hätte Euch nicht gewarnt!«
Du hörst deinem Diener nicht länger zu und beschleunigst das Tempo.
Weiter bei 142.

131

Connie bittet dich und deinen Diener auf schweren Eichenstühlen Platz zu nehmen. Kurz darauf erscheint Jacques mit einem Tablett, auf dem eine Teekanne, Tassen und ein Kännchen Milch stehen. Wie hat der Butler es nur geschafft, alles herzubringen, ohne etwas zu verschütten?
Connie bedankt sich und bittet ihn sich zurückzuziehen. Connie serviert anmutig den Tee. Gespannt verfolgst du alle ihre Bewegungen. Shivananta seufzt in seiner Ecke. Langsam langweilt er sich, weil er nicht versteht, was du von der hübschen Dame willst. Nachdem sie den Tee serviert hat, verstrickt Connie dich in eine lebhafte Unterhaltung.
Die Zeit vergeht wie im Flug, ihr tauscht viel sagende Blicke und Bemerkungen. Der Tag neigt sich seinem Ende

zu. Connie schlägt dir vor, den Sonnenuntergang vom Turm aus zu betrachten. In dem Moment platzt ein Mann ins Zimmer.
*Weiter bei **118**.*

132

Jacques führt euch in das Zimmer für hochrangige Gäste – das einzig annehmbare im ganzen Schloss. Im Zimmer stellst du zu deiner Überraschung fest, dass du das Bett mit Shivananta teilen sollst. Nun, dann fühlt sich wenigstens keiner einsam.
»Mein lieber Herr«, beginnt Shivananta, »diese Schotten sind doch sehr erfinderisch. Ihre großen Betten sind extra dafür da, dass viele Menschen darin schlafen können.«
»Komm auf den Boden, mein Freund. Heute Nacht kommen wir nicht zum Schlafen.«
»Wie schade!«
»Wir werden das finstere Geheimnis aufdecken, das der Baron in seiner Krypta verbirgt.«
Kurz darauf holt euch der zitternde Diener zum Abendessen.
*Weiter bei **138**.*

133

Du drehst den Knauf von Connies Tür. Sie ist von innen abgeschlossen. Jetzt bist du beruhigt. Das junge Mädchen ist wirklich in seinem Zimmer.
*Wenn du dich vergewissern willst, dass der Baron in seinem Zimmer ist, weiter bei **126**. Wenn du ins Erdgeschoss hinuntergehst, weiter bei **139**.*

134

Du suchst im Innenhof nach dem Eingang zur Krypta. Da kommst du an ein Portal mit einem Gitter. Es ist abgeschlossen. Du rüttelst mit aller Kraft an dem Gitter, aber nichts tut sich. Auf einmal spürst du jemanden hinter dir.

*Wenn du den **Schlüsselbund** besitzt, weiter bei **140**; sonst weiter bei **146**.*

135

Das Abendessen verläuft in herzlicher Atmosphäre. Du würdest allerdings am liebsten alle fünfzehn Sekunden rülpsen. Beim Nachtisch bist du so weit, dass du dich fragst, wie viele ihr eigentlich seid bei Tisch. Du schaffst es nicht mehr, alle Esser zu zählen. Das hat auch Vorteile: So lernst du Connies drei oder vier Schwestern kennen. Komisch, sie haben alle den gleichen Vornamen. Welches von den vielen Gläsern vor dir ist bloß deines? Aus Versehen trinkst du aus dem Glas des Barons. Spuck! Limonade! Auf einen Schlag bist du wieder nüchtern. Jetzt hast du einen Beweis in der Hand. Quatsch, du hast ihn getrunken!

*Zu deinem großen Bedauern verlangt deine Leber nach einer Pause. Weiter bei **119**.*

136

Du brauchst nicht lange, um auf den Weg zum Herrenhaus Killcorn zurückzufinden.
»Genau da wohnt Miss Connie«, erklärst du Shivananta. Du ziehst das Taschentuch des jungen Mädchens aus der Tasche und hältst es deinem Diener unter die Nase.
»Siehst du das Wappen, mein Freund? Die sich kreuzenden Dolche? Darf ich dich daran erinnern, dass ich in einer Reihe von Mordfällen ermittle? Ich glaube nicht, dass Miss Connie etwas damit zu tun hat. Zumindest hoffe ich das aus tiefstem Herzen. Aber das ist unsere letzte heiße Spur. Ich kann jetzt nicht aufgeben!«
»Sagt später nicht, ich hätte Euch nicht gewarnt!«
Du hörst deinem Diener nicht länger zu und beschleunigst das Tempo.
*Weiter bei **142**.*

137

»So, was ist denn sehenswert in Ihrem Schloss, Miss Connie?«
»Nicht viel, fürchte ich. Ein Teil des Bergfrieds ist letzten Monat eingestürzt. Aber wir können auf den Turm gehen und von oben die Landschaft genießen. Dann gibt es noch Vaters Waffensammlung und die Krypta, wo anscheinend gewisse Vorfahren begraben liegen, aber da war ich noch nie. Dort ist sowieso abgeschlossen. Die Schlüssel hat mein Vater.«
*Wenn du auf den Turm steigen willst, weiter bei **143**. Wenn du die Waffensammlung besichtigen willst, weiter bei **149**.*

138

Connie hat sich frisch gemacht. Ihr Abendkleid im neuesten Pariser Chic steht ihr phantastisch. Der Baron dagegen hat seine traditionelle Tracht nicht abgelegt. Wahrscheinlich zieht er sie nur sehr selten aus.
Shivananta zieht an deinem Kilt. Seine aufgerissenen Augen zeigen auf die Wollstrümpfe des Barons. Wie viele Sgian Dubh mag er darin versteckt haben? Du siehst nur zwei.
Weiter bei 144.

139

Mit allergrößter Vorsicht steigst du die Stufen hinab. Du hast nämlich keine Kerze mitgenommen, damit dich keiner sieht. So musst du dich im Finstern zurechtfinden. Unten angekommen weißt du nicht mehr, in welche Richtung du dich jetzt wenden musst. Du gehst links und gelangst in den Waffensaal. Er ist erleuchtet, so wie übrigens die meisten Räume hier unten.
Wenn du den Waffensaal bereits mit Connie besichtigt hast, weiter bei 145. Sonst weiter bei 151.

140

Du hattest einen Vorratskeller erwartet, aber der Geruch erinnert eher an die Säle im Britischen Museum, wo die ägyptischen Mumien ausgestellt sind. Die Eichenfässer, die akkurat in einer Linie stehen, wurden alle zweckentfremdet. So ein Schock! Die Fässer werden nicht zur Lagerung von Whiskey verwendet, vielmehr haben die Frasers ihre

Körper den Destillationsapparaten vermacht. In jedem der Fässer steckt ein berühmter Vorfahre. Es ist wirklich erstaunlich, wie konservierend Alkohol wirkt, vorausgesetzt man ist tot. Diese Entdeckung ist wirklich erbaulich.
Weiter bei 146.

141

»Aber wozu all diese Morde?«, fragst du, um Zeit zu gewinnen.
»Das war kein Mord! Es handelt sich hier um eine Säuberungsaktion. Unser schottisches Vaterland litt unter diesen Geiern. Seit Jahrzehnten haben MacCool und seine Handlanger nur schlechten Alkohol gebrannt. Sie haben unser Erbe geschändet und den frühzeitigen und schmerzhaften Tod hoch geschätzter Highlander verursacht. Ich habe nur die gerechte Rache meiner Vorfahren vollzogen.«
Eins ist inzwischen glasklar: Er ist verrückt! Du hast nur noch eine Möglichkeit: Du musst ihn stoppen. »Drehen Sie sich um, Baron! Sie sind umzingelt!«
Du gehst sofort auf Tauchstation, um dem ersten Dolch auszuweichen.
Weiter bei 128.

142

Der Weg wird bald zu einem Steilpfad, der sich um ein felsiges Vorgebirge windet, das über dem Meer emporragt. Auf dem Gipfel steht Killcorn Manor. Ihr macht eine Pause. Du kannst dir kaum vorstellen, wie ein junges Mädchen wie Connie in dieser Ruine leben soll.
»Das ist aber nicht so schön wie der Buckinghampalast!«, beschwert sich Shivananta.

»Muss ich dich daran erinnern, mein Freund, dass wir in Schottland sind? Los jetzt!«
Weiter bei 148.

143

Die Aussicht ist wirklich großartig. Und weil du mit Cornelia zusammen dort oben bist, erscheint dir die Landschaft wie ein Paradies. Dieser Teil des Schlosses ist entschieden baufällig, aber es ist sehr romantisch. Leider ist Shivananta nicht seefest. Wenn er das Meer nur aus der Ferne sieht – schon beugt er sich über die Zinnen und übergibt sich.
Es dauert ein bisschen, bis er sich erholt hat. Dann geht ihr ins Hauptgebäude zurück. Ihr macht es euch gerade im Salon bequem, als plötzlich jemand hereinplatzt.
Weiter bei 118.

144

Der alte Jacques deckt den langen Eichentisch mit allem, was in dieser Gegend zu einem traditionellen Mahl dazugehört. Ein wenig beunruhigen dich die drei Auerochshörner vor jedem Gedeck. Nur Connie scheint diese Tradition erspart zu bleiben, die dir noch nie gefallen hat. Dein Blick trifft ihren und du legst die Bitte hinein, irgendein Mittel gegen diese Qual zu finden. Aber du liest in Cornelias Augen nur grenzenlose Bewunderung für dich, der du diese Mutprobe gleich bestehen wirst.
Nach diesem Erlebnis wirst du ein echter Highlander sein.

»Mein lieber Herr, was ist das denn für eine Mutprobe, an die Ihr da denkt?«
Du wendest dich Shivananta zu. In dem Moment fällt es dir wie Schuppen von den Augen: Drei Hörner auf dem Tisch. Shivananta muss die Mutprobe ebenfalls hinter sich bringen. Hätten sie doch wenigstens Kalbshörner genommen!
»Liebe Gäste«, hebt der Baron feierlich an. »Ich werde Sie nicht mit der hiesigen Folklore langweilen. Deshalb habe ich die Hörner mit unserem besten Wein füllen lassen. Er kommt aus Bordeaux, einer Stadt im weit entfernten Frankreich. Ich stehe in der Tradition, wenn ich als Oberster des Fraserclans das Horn vor der Mahlzeit auf einen Zug austrinke.«
Hicks! In diese Trinkgefäße passt bestimmt ein guter Liter Wein.
»Herr! Herr! Glaubt mir doch, diesmal hat sich mein Training gelohnt. Ich schaffe es mit Sicherheit, das auszutrinken.«
Eine Sekunde lang schließt du die Augen und hoffst, dass es nur ein Alptraum ist. Aber nein! Du öffnest die Augen: Der Baron ist immer noch da und wartet schon ungeduldig.
*Wenn du als Erster trinkst, weiter bei **150**. Wenn du deinen indischen Begleiter vorschiebst, weiter bei **121**.*

145

Vor dem Ständer mit Sgian Dubh läuft dir ein Schauer über den Rücken. Als du am Nachmittag mit Connie hier warst, gab es dreizehn Lücken. Jetzt sind es zwanzig. Der Mörder plant weitere Verbrechen, es sei denn, er hat vor, nur dich in ein Stachelschwein zu verwandeln. Vorsichtshalber nimmst du eine wunderbare Claymore von der Wand.

*Nimm eine **Claymore** ins Inventar auf. Um aus dem Saal herauszukommen, kannst du entweder durch den Salon oder durch den Speisesaal gehen. Wenn du den Salon wählst, weiter bei **120**. Wenn du den Speisesaal vorziehst, weiter bei **127**.*

146

»Suchen Sie Ihr Zimmer?«, donnert die raue Stimme des Barons hinter dir. »Keine Sorge. Ein Krug ist genug für Ihren indischen Freund. Und jetzt, junger Freund, haben Sie die Wahl . . .«

»Welche Wahl?«, fragst du und schwingst deine Claymore.

»Die Wahl, welche Hand Sie in eins meiner Fässer befördern soll!«

Inzwischen hält er ein ganzes Arsenal von Sgian Dubh in Händen – ganz zu schweigen von denen, die noch in den Strümpfen stecken. Besorgt vergleichst du deine Unbeholfenheit mit der schweren Claymore mit der Schnelligkeit und Präzision eines geworfenen Dolches.

*Wenn du versuchst Zeit zu gewinnen, weiter bei **141**. Wenn du fliehst und dabei versuchst, den Dolchen auszuweichen, weiter bei **122**.*

147

Oben an der Treppe holst du den Dolch heraus und wartest auf den Baron. Kaum zeigt sich sein Affengesicht, gelingt dir der beste Wurf deiner Laufbahn. Du kannst nur noch schlucken, als der Baron die Waffe im Fluge fängt. Klasse! Jetzt hat er noch einen mehr.

Weiter bei 122.

148

Du nimmst die Stufen zur Eingangstür. Dein Diener trödelt hinter dir her.

»Na los, mein Freund, beeil dich mal ein bisschen!«

»Ihr wollt wirklich da rein, lieber Herr?«

Du lässt den riesigen Türklopfer zweimal gegen die schwere Eichentür donnern. Shivananta ist auch inzwischen angekommen und jetzt wartet ihr darauf, eingelassen zu werden. Du kannst es kaum abwarten, während dein Diener am liebsten die Beine in die Hand nähme. Auf einmal öffnet sich quietschend ein Türflügel. Ein alter buckliger Mann, der am ganzen Körper zittert, erscheint auf der Schwelle. Du stellst dich vor und bittest ihn, dich bei Miss Fraser zu melden. Der alte Mann ist der Butler der Frasers. Er lässt euch herein. Connie hatte ihm deinen Besuch bereits angekündigt.

Weiter bei 117.

149

Ihr verlasst den Salon durch einen langen Gang. An beiden Seiten hängen die Porträts sämtlicher Vorfahren des Fraserclans. Du bleibst stehen. Ein Bild fasziniert dich besonders, das eines Mannes in edler Haltung, der das Plaid trägt, den Mantel der Highlander. Mit den Händen umklammert er eine riesige Claymore, das breite Schwert der Schotten. Auf dem Kopf trägt er die traditionelle Mütze. Sie ist mit drei Adlerfedern verziert, ein klares Abzeichen für den Obersten des Clans.

»Das ist einer meiner Vorfahren, Edwin Fraser«, sagt Connie. »Er starb kurz nach der Schlacht von Culloden 1745.«

Die Besichtigung geht weiter. Am Ende des Ganges betretet ihr den schönsten Waffensaal, den du je gesehen hast. Überall an den Wänden hängen Hellebarden, Claymores und Äxte. Plötzlich fällt dein Blick auf eine großartige Sammlung von Sgian Dubh. Du gehst näher heran und lauschst mit einem Ohr zerstreut Connies Erklärungen. Hier müssten vierunddreißig Dolche hängen, aber dreizehn fehlen. Von Nahem betrachtet fällt auf, dass alle Sgian Dubh den Mordwaffen aufs Haar gleichen. Dein Verdacht wird hierdurch bekräftigt. Du kannst nur hoffen, dass Connie nicht darin verwickelt ist. Plötzlich schreit sie vor Überraschung auf und reißt dich aus deinen Gedanken.

*Weiter bei **125**.*

150

Drei Minuten lang, eine wahre Ewigkeit, gluckern die anderthalb Liter Bordeaux durch deine Kehle. Du stellst das Horn sehr ungeschickt auf den Tisch zurück. Der Wein war hervorragend. Wie aufrecht du noch sitzt, ist dir inzwischen egal. Dann bist du wohl wirklich betrunken. Jetzt musst du alles aufbieten, um handlungsfähig zu bleiben. Der Baron hebt, ohne mit der Wimper zu zucken, sein Horn und trinkt es in knapp zwei Minuten aus.
*Wenn du als Erster dein Horn ausgetrunken hast, weiter bei **129**. Wenn du als Letzter getrunken hast, weiter bei **135**.*

151

Du schaust dir die schönste Waffensammlung an, die du je gesehen hast. An den Wänden hängen Hellebarden, Claymores – das sind breite schottische Schwerter – und Äxte. Plötzlich fällt dein Blick auf eine großartige Sammlung von Sgian Dubh. Du gehst näher heran: Hier müssten vierunddreißig Dolche hängen, aber zwanzig fehlen. Von Nahem betrachtet fällt auf, dass alle Sgian Dubh den Mordwaffen aufs Haar gleichen. Dein Verdacht wird hierdurch leider bekräftigt. Du kannst nur hoffen, dass Connie nicht darin verwickelt ist. Vorsichtshalber nimmst du eine wunderbare Claymore von der Wand.
*Nimm eine **Claymore** ins Inventar auf. Um aus dem Saal herauszukommen, kannst du entweder durch den Salon oder durch den Speisesaal gehen.* *Wenn du den Salon wählst, weiter bei **120**. Wenn du den Speisesaal vorziehst, weiter bei **127**.*

152

Der Blitz hat seinen Verbündeten erkannt. Konstabler Blayne fand von Baron Fraser nur noch die Socken.

»Unglaubliche Geschichte, mein lieber MacLean!«, ruft er. »Sie sollten sich langsam um Ihr Bein kümmern.«

»Das ist nicht so schlimm. Es gibt Wunden, die viel tiefer gehen und nie wieder heilen.«

»Ich verstehe nicht, was Sie meinen, Sir.« Blayne zieht die Augenbrauen hoch.

Mit wehem Herzen schaust du zu Connie, die in einer Ecke leise weint. Du weißt jetzt schon, dass es zwischen euch nie mehr so sein kann wie zuvor. Sie wird in dir für immer denjenigen sehen, der am Tod ihres Vaters schuld ist. Was soll aus ihr werden? Der alte Jacques beruhigt dich. Connie wird nach Louisiana auswandern, wo die letzten Überlebenden des Fraserclans wohnen. Alles bringt euch auseinander. Blayne teilt dir mit, dass die Kutsche, die dich im Dorf absetzen soll, bereit zur Abfahrt ist. Dein Diener wartet auf dich. Du bittest den Konstabler sich noch ein paar Minuten zu gedulden. Du willst dich von Connie verabschieden. Du gehst über den Hof zu ihr und legst eine Hand auf ihre zarte Schulter. Sie stößt dich weg. Du weißt nicht, was du sagen sollst. Du kannst nur stottern: »Miss Connie . . . ich . . .«

»Es hat keinen Zweck, Mr MacLean. Sie haben meinen Vater umgebracht und das werde ich Ihnen nie verzeihen.«

»Also auf Wiedersehen, verehrte, teure Connie.« Das Herz tut dir weh.

»Auf Wiedersehen, Mr MacLean«, antwortet sie schluchzend und flüchtet ins Herrenhaus.

Blayne ruft dich. Der Kutscher will nicht länger warten. Du

drehst dich um und humpelst zu Blayne. Die Kutsche fährt rasend schnell los und biegt auf den Steilpfad ab. Du schaust dich ein letztes Mal um.
Weiter bei 153.

153

Während der abenteuerlichen Fahrt bist du ganz in Gedanken versunken. Der Konstabler versucht vergeblich dich aus deiner Betäubung zu holen.
»Der Baron war also verrückt, oder wie? Wenn ich an all die Menschen denke, die er umgebracht hat!«
»Ja, Konstabler Blayne«, antwortest du. »Es ist kaum zu glauben, aber der Baron war wirklich verrückt! Jetzt ist er tot und wir werden wahrscheinlich nie die ganze Wahrheit erfahren. Haben Sie Neuigkeiten von meinem Diener?«
»Dem geht es gut, Sir. Der Arzt hat schnell die richtige Medizin gefunden. Die Einwohner von Freigh Na'loch haben ihn schon adoptiert. Sie haben ihm das Dudelsackspielen beigebracht.«
Bei der Einfahrt ins Dorf siehst du, wie die Leute mitten auf der Hauptstraße klatschen. Du steigst neugierig aus der Kutsche, um zu sehen, was in die sonst so zurückhaltenden Bewohner dieses charmanten Örtchens gefahren ist. Du bekommst beinahe einen Herzinfarkt, als du deinen Diener mit einem Dudelsack am Mund erkennst. Horror! Jede Pfeife des Instruments ist an eine Whiskeyflasche angeschlossen!
»Na so was!«, staunt Blayne. »So was habe ich noch nie gesehen! Mr MacLean, spielt er oder trinkt er?«

Du wirfst ihm einen bösen Blick zu. Auf so eine dumme Frage bekommt er keine Antwort. Ernsthafte Sorgen musst du dir aber nicht um deinen treuen, extravaganten Diener machen. Deshalb gehst du allein ins William Wallace. Drinnen sind nur noch der Wirt und sein Riesenhund Tyran.

Die tränenden Augen des Wachhunds erinnern dich daran, dass nicht nur menschliche Wesen Kummer haben. Auch dieser Hund, in dem jeder nur ein schreckliches Monster sieht, muss die Last der Einsamkeit tragen.

»Mein lieber Herr ... hicks! Die hübsche Dame ist traurig«, teilt dir dein orientalischer Diener über telepa-alkoholische Wellen mit. »Uuups! Aber zum Glück haben die Schotten den Dudelsack erfunden. So können sie ihre Gefühle besser ausdrücken, wenn sie sich einsam fühlen.«

Eigentlich willst du den mentalen Eindringling brüsk zurechtweisen, aber du überlegst es dir anders. Er hat ja Recht – es gibt nichts Besseres als ein Dudelsackkonzert in den Highlands! Schon fühlt man sich wie neugeboren. Außerdem willst du deinen Freunden in London ja noch ein paar traditionelle Souvenirs mitbringen.

Inventar

Hier kannst du die Dinge eintragen, die dir im Laufe deines Abenteuers in die Hände fallen.

Stockdegen	

Ermittlungsbogen

Hier kannst du die Namen von Personen oder Orten eintragen, die dir im Laufe deines Abenteuers begegnen.

Highland Mysteries

Franck Parcabe

Das Monster in der Themse

Menschen verschwinden spurlos, im dichten Nebel werden auf der Themse unheimliche Gestalten beobachtet und aus einem Staubecken fischt man zwei seltsam verstümmelte Männer – aber ist Timothy MacLean wirklich auf der Spur eines Monsters in der Themse?

160 Seiten.
Arena-Taschenbuch – Band 2171.
Ab 12 Jahren

Arena